KB079242

이제 슬슬
재밌게 살아 볼까

이제 슬슬
재밌게 살아 볼까

지복희 지음

좋은땅

베스트셀러 조건은 충족했습니다만,

첫 책의 감동이 채 사라지기도 전에 벌써 두 번째 책이라니요. 저, 이렇게 쓸데없이 부지런해도 될까요? 책 세 권 발간이라는 무모한 도전 중이라 일 년에 한 권씩 졸작을 쓰는 용기를 발휘하고 있답니다. 지난해 9월, 저에게만 명작인 『이제 마음 가는 대로 살 때도 됐지』라는 책을 발간한 지 벌써 일 년이 훌쩍 지나고 말았습니다.

첫 책의 에필로그를 보니 "다음 책은 더 풍성하고 생기 있으며 제법 재밌는 책이 되리라 자신한다."라며 큰소리친 게 있더군요. "이 책이 바로 그런 책입니다!" 하고 자신만만하게 외칠 수 있으면 얼마나 좋을까요? 하지만 양심을 귀하게 여기는 저로서는 그렇게 말하지 못하겠습니다. 다만, 이제 슬슬 삶이 풍성하고 알록달록 생기도 있고, 제법 재밌어지는 중이라고는 자신 있게 말할 수 있습니다.

제 책은 저의 삶을 닮을 수밖에 없을 테니 첫 번째 책과는 사뭇 분위기와 톤이 다를 겁니다. 정말 그런지는 한 장 한 장 책장을 넘겨 보면 금방 아실 겁니다. 혹, 저의 첫 책을 읽지 않으셨다면 이번 기회에 두 권을 비교하며 읽어 보는 아주 좋은 방법을 제안하는 바입니다.

츠지야 켄지의 『홍차를 주문하는 방법』에는 베스트셀러 조건이 나옵니다. ① 감동을 줄 것, ② 유익한 정보를 줄 것, ③ 재미있을 것, ④ 생각하게 할 것, ⑤ 그 밖의 어느 것 등인데, 작가의 책은 훌륭하게도 '⑤ 그 밖의 어느 것'에 속하는 책으로 베스트셀러 조건을 충족하고 있다고, 너무도 유쾌하고 당당하게 말합니다.

그렇다면, 그렇다면 말입니다! 제 책도 '그 밖의 어느 것'에 해당 안 될 이유가 없으니, 훌륭하게 베스트셀러 조건을 충족한 셈이라고 너무도 뻔뻔하게 우겨도 되지 않을까 싶습니다만,

얼마 전 이 책을 발견하고 어찌나 자신감이 생기던지, 책 발

간에 쭉쭉 속도가 붙었습니다. 물론 저도 잘 압니다. 아무리 훌륭하게 조건을 충족한다 해도 제 책이 베스트셀러가 되려면, 누구나 한 권씩 꼭 사야만 한다는 훌륭한 법 정도는 있어야 한다는 것을요. 아니면 세상에 모든 책이 사라지고 유일하게 제 책만 남든지요.

아마도 그럴 일은 죽었다 깨어나도 없을 테니, 제가 베스트셀러 작가가 되어, 모히또에 가서 몰디브나 한잔하며 유유자적하는 일은 없지 않을까 싶습니다.

사실 전 "다음 책 언제 나오느냐?"는 물음을 최소한 열 번쯤은 들은 후에 두 번째 책을 출간하는 게 그나마 예의가 아닐까 생각했습니다. 하지만 일 년이 지난 지금까지 다섯 번밖에 듣지 못했으니 어쩌면 좋을까요? 아마 열 번을 채우려면 일 년은 더 기다려도 될까 말까일 테지요. 하는 수 없이 민망하고 구차하지만, 그 나머지 다섯 번을 제가 저에게 말해 주는 걸로 생각을 바꿨습니다. 그래서 저는 간절한 표정으로 제게 말했죠. 어딘가에 구름 떼처럼 모인 사람들이 손꼽아 다음 책을 기다리고 있을지 모르니 어서 책을 출간하자고요.

이번 책이 두 번째 책이니까 크게 나아졌으리라 기대하는 분이 혹시 있을지 몰라 미리 말씀드립니다. 사람 그렇게 쉽게 안 바뀌고, 글쓰기 실력 하루아침에 뚝딱 나아지지 않더군요. 좀처럼 글이 써지지 않을 때마다 첫 번째 책을 무심히 한 장 한 장 넘겨 보곤 했습니다. 이런 말 우습지만 모두 주옥같은 게, '내가 이렇게 잘 썼나?' 하는 의구심이 들기도 하더군요. 돌연 그만큼도 쓰지 못할 것 같은, 퇴보하고 있다는 절망감에 절망한 적이 한두 번이 아님을 고백합니다. 그렇다고 노력하지 않은 건 절대! 네버! 아닙니다. 이것이 어쩔 수 없는 저의 최선이라고 말씀드리니, 과한 기대는 고이 접어 주시길 바랍니다. 이 또한 한 장 한 장 넘기며 찬찬히 확인해 보시길 권합니다.

첫 번째 책이 퇴직할 결심과 그 후의 혼란스러운 내면 그리고 서서히 일상을 회복해 가는 과정을 그렸다면, 이번 책은 훨씬 더 안정적으로 일상을 꾸려 나가는 모습을 담았습니다. 하루하루 여유 있고 헐렁하게, 가족과 함께 보통의 일상을 무탈하게 살아가는 소소한 이야기가 주를 이룹니다. 특히 2년 전 제주 한달살이를 하면서 날마다 블로그에 썼던 글 중 일부와 지난 7월, 부산에서 일주일살이를 하면서 썼던 글들을 함께 묶었습니다. 제법 보통의 일상이 되어 가는 다채로운 여행을 통해 재미와 즐거움을 열심히 발견해 가고 있다는 말씀을 드리고 싶었기 때문입니다.

특별하달 거 하나 없이, "세상 한구석에 이렇게 소박하게 살아가는 사람도 있어요!" 하고 말하는 저의 글에 "그렇군요. 반가워요. 나도 크게 다르지 않아요. 우리 서로 응원하며 살아요!" 누군가 이런 따스한 리액션을 보내 준다면, 더할 나위 없이 기쁘고 보람일 겁니다.

또한 이 책을 집어 든 당신이 마지막 장을 덮을 때면 저와 향기 좋은 차 한잔 마시며, 오순도순 긴긴 이야기를 나눈 듯 다정한 친밀감으로 연결되어 있다고 느낀다면, 한 번 더 더할 나위없이 큰 기쁨이고 보람일 겁니다.

목 차

제1부
아무튼, 우리는 가족

제4부
부산 일주일살이

제5부
제주 한달살이 처음과 끝 그리고 그 중간

아무튼,
우리는 가족

나이가 뭐가 중요 환갑?

요 며칠 남편의 환갑잔치로 은근 정신이 없었다. 내 역할은 당일 옆에서 벙실벙실 웃으며 서 있는 게 고작일 텐데도 마음은 자꾸 심란하고 분주했다. 까닭을 알 수 없는 불안감까지 자주 찾아와 당황케 했다. 큰아들은 아빠 환갑잔치를 해 주겠다고 이 년 전부터 비용을 모아 내게 맡겼다. 군 복무를 마치고 전문하사로 있으면서 받은 월급을 일부 저축한 귀한 돈이다. 고맙고 기특했다. 장남으로서 제 역할과 책임을 다하려는 모습이 그렇게 신통할 수가 없었다. 마냥 어린애 같은 녀석이 어른스러운 모습으로 한 번씩 감동하게 만들 때면 빠르게 지나는 세월에도 짐짓 너그러워진다. '으음 그래. 내가 나이 먹는 만큼 네가 쑥쑥 성장하는 거라면, 그리 안달복달할 일만은 아니지.' 하면서.

혹시나 해서 일찌감치 예약해 뒀던 곳의 준비 상태를 아들 모르게 확인해 보니 문제없이 착착 진행되고 있었다. 아들이 이미 거듭 확인했다고 덧붙이는 상담사의 말에 입꼬리가 저절로 올라갔다. 그럼 그렇지. 당일 아침, 조금 일찍 장소에 도착하니 아주 깔끔하고 정갈하게 준비되어 있었다. 넓은 홀에 넉넉한 테이블 그리고 플래카드와 케이크까지. 무엇보다도 아늑한 실내 분위기에 마음이 몽실몽실 피어올랐다. '나이가 뭐가 중요 환갑?'이라는 플래카드에는 그만 웃음이 빵 터졌다. 맞다. 나이가 뭐가 중요 환갑? 이만하면 환갑도 괜찮다.

작은아들이 만든 영상을 최종 점검하고 오붓하게 사진을 찍으며 손님맞이 준비를 했다. 문득 남편 얼굴을 보니 기분 좋은 표정이지만 복잡한 감정이 흐르는 게 역력했다. 쑥스러우면서도 감격스럽고, 흐뭇하면서도 어색한 듯 살짝 상기된 모습이었다. 왜 안 그렇겠는가. 아무리 나이가 중요하지 않다지만 벌써 환갑이라니, 믿기지 않고 황당해 혹 서글픔이 밀려들기도 할 테고, 반면 반듯하게 잘 자란 아들들이 마련해 준 번듯한 잔치가 적잖이 기쁘고 만족스럽기도 할 테니 말이다.

큰아들의 진행 솜씨는 뜻밖에 훌륭했다. 귀여우면서도 다정하고 편안하면서도 재미있었다. 남편과 나는 함께해 준 식구들에게 감사 인사를 하고, 좋은 자리를 마련해 준 아들들에게도 고마움을 전했다. 이어 케이크에 불을 붙이고 생일 축하 노래를 함께 부르고 큰 박수를 받으며 촛불을 불었다. 케이크를 자르고 건배 잔을 높이 들며 축하와 환호에 감격했다.

다음은 작은아들이 만든 영상 시청 시간이었다. 오 분 남짓한 영상에는 남편이 걸어 온 인생이 한 편의 영화처럼 담겼다. 가난한 시골에서 태어나 형들이 대주는 등록금으로 학교를 졸업하고 취직을 했으며, 직장에서 만난 나와 결혼해 아이를 낳고 성실히 정년까지 마치고 나니 어느덧 환갑을 맞이했다는, 특별하달 거 하나 없는 중년 사내의 고단한 삶이 잔잔하게 펼쳐졌다. 지나고 보니 인생 뭐 별거 아니었다는 듯, 열심히 앞만 보고 달리다 보니 어느 순간 헐렁하고 구부정한 환갑 노인네가 되었다고 허탈하게 웃는 모습이라니. 나도 모르게 찔끔 눈물이 다 났다.

특히 띠동갑인 큰아주버님의 축하 말씀은 모두를 뭉클하게 만들었다. "넉넉지 않은 살림에 어렵게 공부하느라. 으음···. 고생 많이 한 동생인데 벌써 환갑이라니···. 으음. 그동안 애 많이 썼고 행복하게 잘 살기만··· 바랍니다." 오랫동안 쌓였던 동생에 관한 안쓰러움과 애틋함이 한꺼번에 밀려들었는지 살짝 울먹이면서 띄엄띄엄 느리게 말씀하셨다.

돌아가신 시어머니가 나오는 영상에서 눈물이 나려는 걸 꾹 꾹 눌러 참았는데, 큰아주버님의 떨리는 목소리에는 도저히 참을 수가 없었다. 기다렸다는 듯 참았던 눈물까지 쏟아졌다. 모두 같은 마음이었던지 여기저기 훌쩍이는 소리가 들렸다. 남편의 눈가도 촉촉해졌다.

난데없이 가라앉으려는 이 분위기를 어쩌나 하던 차에 다행히 큰아들이 귀여운 진행으로 수습했다. "자자~~ 여러분, 여기서 이러시면 안 됩니다. 잔치는 이제부텁니다. 여기가 바로 그 유명하다는 잔치 맛집이랍니다." 유쾌한 너스레를 떨며 이제 맛있게 먹어 보잔다. 다들 울다가 웃으며 접시를 들고 줄을 섰다.

앞으로 남편과 나는 자유롭고 여유롭게 잘 사는 일만 남았다. 둘 다 백수로 시간도 넉넉하니 건강이 허락하는 한 뭐든 할 수 있다. 아침에 눈뜨면 딩동! 하고 뭘 해도 좋을 오늘이 고스란히 도착한다. 그동안 이런 상황이 익숙지 않아 불안하고 두렵기도 했지만 이도 서서히 편해지는 중이다.

요즘이 내 인생에서 가장 평화롭고 만족스러운 날들이지 싶다. 그동안 늘 긴장하고 불안해하며 스스로 억압하던 사슬이 탁하고 풀어진 느낌이랄까. 남편도 아마 나랑 별반 다르지 않으리라.

　그날 저녁 잠이 오지 않아 오래 뒤척였다. 환갑잔치의 풍경이 자꾸 반복해 돌아갔다. 한 사람 한 사람의 표정과 말을 다시 떠올렸다. 정성껏 마련한 선물의 의미도 새록새록 가슴에 새겼다. 가족이라는 묵직한 힘도 거대한 물결이 되어 밀려왔다. 듬직한 큰아들도 사랑스러운 작은 아들도 더없이 고맙고 대견했다. 이만하면 잘 살아왔고 잘 살고 있는 거라고, 앞으로도 분명 잘 살 수 있을 거라고. 나 자신을 토닥이며 위로했다.

　이제 비로소 육십 바퀴를 돌아 두 번째 계묘년을 맞이한 남편. 그동안 가장으로서 책임과 의무를 향해 죽을힘을 다해 달렸다면, 이제는 가쁜 숨을 고르며 어깨와 가슴을 활짝 편 채 느긋하게 거닐어도 좋을 때이지 싶다. 때로는 멈춰 서서 오래오래 아름다운 풍경도 감상하고 자신의 소리에 귀 기울이며 마음이 가는 방향으로 천천히 걸음을 옮겨도 좋을 그런 때 말이다. 날마다 소소하고 자잘한 재미와 의미를 만들면서 유유자적 평화로운 일상을 가꿔 나가는 일만 남았으니까.

　바람이 있다면 뭐가 됐든, 하고 싶은 게 있으면 아무런 두려움 없이 도전하고 새롭게 시작하는 용기와 결기를 가졌으면 좋겠다. 삶의 자잘한 혼란과 감정의 동요를 있는 그대로 받아들이고, 확실성에 덜 의지한 채 씩씩하게 나아가길 바란다. 뭐 그리 못 할 것도 없지 않은가. 살짝 고개만 돌리면 언제나 다정한 미소로 힘껏 응원하는 내가 있을 테니.

우리는 매년 우리만의 구호를 정하고 건배를 하거나 적당한 때에 함께 외치며 화합을 다지곤 한다. 지난해에는 '동백이 어때서?'였다. 여기서 동백이란 '동네 백수'의 줄임말이다. 올해는 흔쾌히 '나이가 뭐가 중요 환갑?'으로 정했다. 매사 주저되거나 망설여질 때, 한 번씩 소리 내 크게 외치면, 하하하 유쾌한 웃음은 물론 쭉쭉 기지개를 켜는 듯 힘이 솟는다. 깜짝 놀란 환갑 나이가 저만치 달아나는 듯한 고소한 기분이라고나 할까?

나보고 거저 키웠다고?

"엄마는 우리를 너무 거저 키우신 거 같아요." 올해 기특하게도 그 어렵다는 임용고사에 합격해 고등학교 교사가 된 작은 아이가 "그래. 교사가 되어 보니 어떠냐."는 나의 물음에 망설임 없이 던진 말이다. 요즘 아이들이 얼마나 부모 속을 썩이는지 아느냐고 되물으면서. 담임을 맡은 반 아이들 문제로 울고불고하며 상담실을 찾는 엄마들과 상담을 하면 할수록 새록새록 드는 생각이란다. 나 같은 엄마는 전생에 이순신 장군 밥상이라도 차려야 나올 수 있는 케이스라나 뭐라나.

내 참 기가 막혀서. 하긴 모범생으로 성실하게 공부만 한 저와 비교하면 그런 생각이 들 수도 있겠지. 한 번도 교무실로 불려 간 적 없고 속 끓인 기억도 크게 없으니까. 그래도 그렇지. 거저 키우다니. 내가 저희를 어떻게 키우고 얼마나 고생이 많았는데, 그게 엄마에게 할 소리냐며 다 소용없다고 펄쩍 뛰며 울분을 터뜨리고도 싶지만, *끄응* 하고 입술을 깨물며 참는다.

'그래, 엄마가 신경 하나도 안 쓰고 손도 까딱하지 않았는데 혼자 알아서 쑥쑥 잘도 크더니 짠~ 하고 지금 내 앞에 있구나. 요놈들아.' 부득부득 이를 갈면서 속으로 몇 마디 하는 것으로 화를 달랜다. '그래. 마음대로 생각하렴. 세상에 거저 키우는 부모가 어디 있고 거저 크는 자식이 어디 있단 말이냐. 다만 거저 키웠다고, 거저 컸다고 건방을 떠는 괘씸한 놈만 있을 뿐이지. 요놈들아.'

진심일 리 없는 그 말에 '요놈들아'를 반복하고 지나치게 예민하게 반응하며 속을 끓이는 건 아주 틀린 말이 아니어서일지도 모르겠다. 그 후 '거저 키웠다.'라는 다섯 글자가 내 가슴에 콕 박혀 버렸다.

한동안 작은아이 이름은 '괘씸한 놈~'이었다. 자다가도 벌떡 일어나 "괘씸한 놈~!"을 외쳤다. 그러면서 머릿속을 바삐 굴려 어딘가에 분명 산더미처럼 쌓여 있을, 내가 결코 거저 키우지 않았음을 입증하고도 남을 것들을 찾고 또 찾았다. 그동안 일이든, 아이들에게든 최선을 다해 왔다고 자부해 온 것과는 달리 손에 잡히는 건 별로 없었다. '어라, 이럴 리 없는데.' 하면서 정신 바짝 차리고 집중해 보지만 모두 고만고만하고 당연한 일들

뿐이었다. 어이없게도 아들 말마따나 '정말 거저 키웠나.' 하는 생각까지 들었다. 순순히 인정하고 거저 잘 커 줘서 고맙다고, 큰절이라도 넙죽해야 하는 걸까.

늘 바쁜 직장 생활을 핑계로 아이들 어릴 때 충분히 함께하지 못했다. 엄마의 빈자리를 대부분 할머니가 채웠다. 아이들이 원하는 것도 흡족하게 사 준 기억이 거의 없다. 옷을 사 달라고 하면 그게 왜 필요하냐고 되물으며 아이들 입을 막았다. 지금 생각해 보면 옷은 필요해서 사기보다는 좋아서, 사고 싶어서 혹은 그냥 사는 게 아니던가. 더구나 기분 내키는 대로 즉흥적으로 그 많은 옷을 사 나르던 내가 필요를 따져 물으며 다그치는 건 좀 아니지 않은가. 참 옹졸하고 꽉 막힌 엄마였다. 내가.

작은 아이는 지금도 생생하게 기억한다고 한다. 초등학교 4학년 어느 날, 친구가 쓰는 샤프 연필이 너무 갖고 싶어 제품명을 적어 와 조심스럽게 사 달라고 했더니 다음 날 하나만 사 줘도 감동일 텐데 내가 아무렇지도 않게 두 개를 사 주더란다. 가격도 만만치 않았을 텐데 덜컥 겁이 났단다. 이제 우리 며칠 굶어야 할지도 모른다는 무서운 생각이 들면서. 나는 조금도 기억나지 않지만, 그 녀석은 그 기억이 얼마나 강렬했던지 지금도 그때 엄마의 표정이 생생하다고 한다.

돌이켜 보면 왜 그리 아이들에게 인색했는지 모르겠다. 안정적인 미래를 대비해야 한다는 강박에 현재를 누리지 못하고 그 시절에만 느낄 수 있는 아이들과의 소소한 행복도 놓치고 살아온 고단한 시절이었다. "미안하지만, 난생처음 부모로 살아 보는 자의 알 수 없는 불안과 두려움의 무게를 너희도 곧 이해할 날이 올 거야." 하고 농담처럼 말하고는 허허 웃어넘겼다.

종종 아이들이 괘씸하고 서운하게 느껴질 때면 찬찬히 내 마음을 들여다본다. 온갖 바람과 욕심으로 장마철 흙탕물처럼 뿌옇게 흐려져 있음을 알아챈다. '내가 또 너무 욕심을 부리며 많은 걸 바라고 있구나.' 하는 마음을 마주하며 하나하나 천천히 비워 낸다. 바라지 않으면 서운할 일도 없고 욕심내지 않으면 억울할 일도 화낼 일도 없지 않은가. 따지고 보면 거저 키웠다는 말은 억울해할 일도 아니다. 거저 키웠다고 한다고 거저 키운 게 되는 것도 아닐 테고, 설령 거저 키운 게 사실이라면 감사한 일이지, 자다가 벌떡 일어나 괘씸한 놈을 외치며 박박 이를 갈 일은 아니지 않는가.

아무리 돌아봐도 내가 결코 너희를 거저 키우지 않았다고, 작은아이의 턱밑에 보란 듯이 들이밀 거대하고 명확한 증거들은 잘 찾아지지 않는다. 아마도 찾고 또 찾는다면 제가 본의 아니게 무례했다고, 부디 노여운 마음 푸시라고 할 만한 왕건이 한두 개쯤 못 찾을까마는, 나는 그냥 덮어 두기로 한다. 아무짝에도 쓸모없는 에너지 낭비일 테니. 그저 지금껏 속 안 썩이고 무탈하게 잘 커 줘서 진심으로 고맙다고, 전생에 무슨 덕을 쌓았는지 운 좋게 거저 키우는 영광을 누렸다고, 깔끔하게 인정하고 말련다. 날마다 업고 다녀도 모자랄 판이니, 집에 올 때마다 한 번씩 업히라고 등을 내밀면서 말이다.

음, 하지만 도저히 그냥은 안 되겠다. 왜? 난 은근 뒤끝 있는 여자니까. 마지막으로, 한 번은 더 말해야겠다. "아무리 그래도 그렇지. 엄마한테 그러는 거 아니다. 요놈들아~"

맨발 걷기의 이유

맨발 걷기가 전국적으로 붐이다. 나는 보지 못했지만 얼마 전 TV에 큰 효과를 본 사람이 소개된 모양이다. 호수 산책길에 가끔 맨발로 걷는 사람이 눈에 띄더니 요즘 부쩍 늘어났다. 심지어 산에 오를 때도 등산화를 배낭에 달랑달랑 매달고 맨발로 휘적휘적 오르는 사람이 보인다. 발바닥이 괜찮을까? 은근히 걱정되어 슬쩍 표정을 살피면 너무도 개운하고 활기 넘쳐 보여 괜히 나만 머쓱해지곤 했다.

얼마 전 퇴직한 K도 요즘 맨발 걷기의 매력에 푹 빠졌다고 했다. 성지 순례처럼 전국에 조성해 놓은 맨발 걷기 길을 찾아다니고 있다며 벌써 몸이 많이 좋아졌단다. 이제는 한 날과 하지 않은 날이 확연히 느껴질 정도로 다르다며, 믿기 어려울 정도로 놀라운 맨발 걷기 효능을 전했다. 얘기만 들어 보면 나도 하루라도 빨리 시작하는 게 답이었다. 하지만 매사에 의심이 많은 사람답게 여기저기 맨발 걷기에 대한 자료를 찾아보고 하루에 하나씩 영상을 보며 부작용이나 주의할 점을 챙겨 보기만 했지, 선뜻 양말을 벗어 던지고 걸을 용기는 내지 못했다.

그러던 중 내가 매일 산책하는 호수 주변에도 어느새 맨발로 걷는 동산이 생겼는지 가까이 사는 언니가 맨발 동산에서 만나 걸어 보자는 연락을 해 왔다. 그렇게 오래 호수 주변을 산책했지만, 맨발 동산이 생겼는지 몰랐다. 슬리퍼를 신고 수건을 들고 약속 장소로 향했다. 벌써 언니는 맨발로 걷고 있었다. 뒷짐을 지고 앞을 응시한 채 천천히 걷는 모습이 흡사 명상하는 순례자의 모습 같았다. 맨발 동산은 내가 매일 산책하는 호수 옆으로 키가 큰 참나무 숲을 한 바퀴 돌게 만들어져 있었다. 나무들이 활짝 가지를 펼치고 있어 구불거리는 길이 모두 시원한 그늘이었다. 군데군데 누군가 둥그렇게 진흙을 파서 만든 질척거리는 진흙탕도 눈에 띄었고, 방금 누가 쓸어 놓았는지 빗자루 자국이 선명한 아주 깨끗한 흙길이었다.

"이런 곳이 있는 줄 나만 몰랐네." 혼잣말을 하며 나도 슬리퍼를 벗고 천천히 맨발로 따라 걸었다. 작은 모래 알갱이와 단단하게 마른 열매가 콕콕 발바닥을 찔러 따끔거렸지만 아주 못 참을 정도는 아니었다. 발은 제2의 심장으로 이렇게 지압하고 자극을 해 줘야 원활하게 순환된다고, 또한 스트레스가 해소되고 면역력까지 높여 준다며 언니의 맨발 걷기 예찬이 쉴 새 없이 쏟아졌다. 언니는 벌써 열흘 넘게 하고 있는데 그렇게 좋을 수가 없단다. 소화도 잘되고 잠도 잘 오고 고생하던 변비도 사라지고 머리도 맑아지고, 이루 말할 수 없이 몸이 좋아졌다고 했다. 얼마 전 말기 암을 물리친 사람을 소개하는 기사를 봤다는 말까지 덧붙였다. 역시 의심 많은 나답게 '설마 그럴 리가? 모든 게 그렇게 좋아지기만 하겠어?' 하는 의구심이 잠시 스쳤지만, '안전하게만 걷는다면 최소한 나쁠 이유는 하나도 없겠다.' 싶었다.

언니 뒤를 따라 천천히 걷자니 처음엔 그리 아프고 따끔거렸던 발바닥이 점점 무뎌져 괜찮아졌다. 호수를 끼고 키 큰 나무들이 높다랗게 뻗은 참나무 숲이라 그런지 선들거리는 시원한 바람이 더없이 좋았다. 초록 이파리 사이로 조각조각 보이는 하늘은 파란색 천을 띄워 놓은 듯 눈이 부시게 파랬다. 복잡한 머리가 저절로 개운했다. 발밑으로는 어디론가 바삐 가는 개미들도 보이고 더 작은 벌레들도 영차영차 뭔가를 부지런히 옮기는 게 눈에 들어왔다. 잠시도 쉬지 않고 도대체 무슨 일로 어디를 가는 걸까. 움직이는 모든 생명을 피해 조심스레 요리조리 발을 옮기자니 왠지 개미나 이름 모를 벌레들과도 친해진 듯 마음이 순해졌다. 간혹 내 종아리를 타고 올라오는 개미조차 놀라지 않고 "어쩌나, 여긴 길이 아니야~." 어린아이 대하듯 다정하게 타이르며 아무렇지 않게 톡톡 털어냈다. 눈높이를 낮추고 자연 속으로 한 발 한 발 천천히 걸어 들어가는 명상이 따로 없었다.

한 시간 넘게 맨발로 걷고 주변에 있는 운동기구로 근력 운동까지 마치니 온몸이 뻐근하고 어깨가 결렸다. '갑자기 왜 이리 나를 못살게 구는 거야?' 하고 그동안 안일하게 늘어져 있던 내 몸이 비명을 질러댔다. 시원하게 발을 씻은 후 운동화를 신고 걸음을 떼자 발바닥 감촉이 그리 매끈거릴 수가 없었다. 잔뜩 골이 난 어깨와 달리 발바닥은 폭신거린다고 좋아서 난리였다. 몸의 원활한 순환은 아직 모르겠지만, 이런 기분 좋은 발바닥 감촉만으로도 맨발 걷기의 효능은 기대 이상이었다.

그날 이후 특별한 일이 없는 한 매일 언니를 만나 맨발 걷기를 하며 두어 시간 시간을 보낸다. 가까이 사는 언니라도 뭐가 바쁜지 자주 얼굴 보기가 쉽지 않았고, 어쩌다 호수 산책길에서 마주치더라도 잠깐 선 채로 안부만 묻고 지나쳐 아쉽기만 했었다. 그러니 친구들이 "언니가 옆에 사니 얼마나 좋으냐."고 부러워할 때면 "그렇지 뭐." 하며 얼버무렸다. 그런데 매일 만나 걷는 요즘은 언니가 옆에 사니 정말 좋다는 것을 느낀다. 자두 몇 알, 사과 몇 개, 단백질 우유 등 집에 있는 것을 가져와 맨발 걷기 중간에 나눠 먹는다. 어제는 잘 잤는지, 자다가 화장실은 몇 번이나 갔는지, 아침은 뭘 먹었는지와 같은 누가 들을까 겁날 정도의 시시한 얘기들을 심각하게 나누며 안색을 살피고 안부를 묻고 답한다. 이런 시답잖고 가벼운 얘기들이 이렇게 정답고 위로가 될 줄이야. 세상에 누가 밤중에 내가 화장실을 몇 번 가는지를 궁금해하겠는가. 언니가 아니라면. 마음의 맨살까지 훤히 내놓고 경중경중 뛰어다녀도 될 만큼 마음이 놓이는 게 든든했다.

고요하게 걷다 보면 이런저런 생각이 머릿속을 드나든다. 신발 하나 양말 하나 벗었을 뿐인데 맨발로 걸으면서 하는 생각은 한결 가볍고 솔직하다. 가식이나 위선을 벗어 던지고 뽀얀 맨살이 드러난 듯 단순하고 착해진다. 걷는 속도에 맞춰 천천히 하나씩 생각의 스위치를 내리고 오롯이 맨발에 닿는 감각에만 집중하려 애쓴다. 내게 맨발 걷기는 지구에 접지하듯 마음에 닿는 것이고, 마음 밭을 거닐 듯 흙길을 걷는 명상이나 다름없다. 특히 언니와 함께하는 걷기는 누군가의 보살핌을 듬뿍 받으며 보드라운 무엇인가에 싸여 있는 듯 포근하고 아늑하다.

이만하면 내가 앞으로 맨발 걷기를 계속할 이유로 충분하지 않은가. 걸으면 걸을수록 몸도 몸이지만 마음 수련에 더 효과가 탁월하다는 생각이 든다. 셀 수 없이 많은 맨발 걷기 효능의 맨 앞줄에 추가하고 싶다.

아들에게!

지금쯤 우리 아들은 뭘 하고 있으려나? 복싱 체육관에서 열심히 운동하고 있으려나? 새로 시작한 복싱이 그리 재미있다니 다행이야. 그동안 운동이라고는 숨쉬기밖에 하지 않아 늘 걱정하게 만들더니 이제는 걱정을 내려놔도 되겠어. 내가 다 알아서 한다는 네 말이 괜한 말이 아닌데 자꾸 믿지 못하고 조바심을 내는 거 같아.

요즘 회사 생활은 어떤지? 내가 보기엔 안정적으로 잘 적응하고 있는 것 같은데, 맞지? 입사 초기에 비하면 얼마나 대견하고 기특한지 몰라. 얼마 전에는 깜짝 놀랐잖아. 무슨 말끝에 네가 '우리 회사'라는 거야. 세상에! 우리 회사라니. 매일 회사 출근하기 싫다고 노래를 부르던 그 입으로 회사 앞에 '우리'라는 말을 붙이며 애정을 보이다니, 얼마나 놀라운 일이니? 사실 그날 무척 기뻤어. '이제 네 걱정은 정말 안 해도 되겠구나.' 하고 생각했지.

예전에 어디선가 읽었는데 아들 한 명쯤은 스프가 식지 않을 가까운 거리에 살아야 부모가 행복하다는 거야. 나는 왠지 이 문장이 오래 기억나더라. 근데 딱 네가 그 거리에 살지 뭐니. 맛있는 음식 해 놓고 부르면 식기 전에 쪼르르 와서 먹고 갈 정도의 딱 그 거리. 그러니 내가 얼마나 행복하겠니.

가끔 집으로 점심 먹으러 온다고 연락하면 부엌 가득 기분 좋은 콧노래가 흘러넘친다는 거 너는 모를 거야. 식탁 맞은편에 앉아 맛있게 먹는 네 모습을 보는 것도 큰 기쁨이고. 바라보기만 해도 좋다는 게 아마 그런 걸 거야.

네 셔츠를 손빨래할 때는 어떤지 알아? 하얀 셔츠 깃이 유난히 더러워져 있으면 땀나게 뛰어다녔을 네 모습을 떠올려. 그러면 아주 듬직하게 제대로 일하는 늠름한 청년이 그려지는 거 있지. 그러면 또 막 보고 싶어져. 내가 요즘 좀 이상해. 너를 떠올리면 저절로 헬렐레 바보 같은 미소가 지어지는 게 너의 모든 게 더할 수 없이 사랑스러워.

매달 너의 월급날 함께하는 가족회식은 또 어떻고, 한 달에 한 번 월급 받았다고 맛있는 밥을 사다니. "동네 사람들~~." 하며 내놓고 막 자랑하고 싶을 지경이야. 한 달 중 내가 가장 좋아하는 날도 바로 그날이야. 좋은 전통으로 오래오래 이어 갈 거지?

요즘은 내가 조금이라도 틀리게 말하면 칼같이 고쳐 주는 것도 그리 싫지 않더라. 너는 무슨 말을 하든 미워할 수 없는 매력이 있는 것 같아. 지난번 내가 "폴리스 잠바 하나 사 줄까?" 하고 물었을 때 너는 건조하게 "폴리스가 아니라 플리스겠지."라고 말했잖아. 그때 많이 웃었지. 아, 그리고 또 있다. 아빠와 내가 똑같은 카디건을 입으면서 샘플룩이라고 하니까 그때도 너는 무심하게 툭, "커플룩이겠지." 했잖아. 그때도 얼마나 많이 웃었니. 네 덕분에 요즘 많이 웃는 것 같아. 너는 내가 틀렸다고 지적하는 말투가 아니라 함께 웃을 수 있는 재미난 포인트 하나 콕 집어 주는 말투였어. 그거 아무나 못 하는 거다. 너니까 하는 거지. 앞으로도 종종 큰 웃음 주길 바라. 아무것도 아닌 얘기도 너와 나누면 웃음이 절로 터지는 게 나니까. 이런 게 길들어 간다는 건가 봐.

너 그거 아니? 액세서리 싫어하는 내가 네가 사 준 반지는 꼭 끼고 다니는 거. 네가 첫 아르바이트 해서 번 돈으로 사 준 두 돈이나 되는 금반지잖아. 거의 그때 아르바이트로 번 돈 절반은

썼을걸? 그때가 내가 네게 가장 비중 있는 존재였나 봐. 지금이라면 어림 반 푼어치도 없겠지. 그때 이후로 한 번도 뺀 적 없이 늘 손가락에 끼고 있어. 이제 그 반지를 만지면서 살살 돌리는 버릇까지 생겼어. 잠이 오지 않을 때나 불안한 마음일 때, 모두가 내 마음 같지 않아 실망스러울 때나 사람은 다 외롭다고 나를 설득할 때면 어김없이 반지로 손이 가곤 해. 네 손을 슬며시 잡아 보듯이. 그러면 "엄마 내가 있잖아!" 하고 네가 옆에서 말하는 거 같아. 네가 내 눈앞에 없을 때 너를 대신해 준다고나 할까? 언제 어디서든 우린 늘 단단하게 연결되어 있다는 든든한 느낌이야.

오늘 아침에도 네가 사다 준 원두로 커피 한 잔 내려 마셨어. 산미가 풍부하면서 신선한 맛이었어. 요즘은 커피가 마시고 싶어 일찍 이불을 박차고 일어난다면 믿어 줄래? 매주 네가 사다 주는 커피만큼 맛있는 커피는 없는 것 같아. 어쩜 커피 좋아하는 내 취향을 고대로 닮을 수 있니? 매달 커피값으로 적지 않은 비용이 나가는 건 알지만 줄이란 말은 하고 싶지 않아. 그 정도 사치는 있어야 팍팍하고 고달픈 직장 생활을 견뎌 낼 수 있을 테니까. 살면서 자기만의 작은 사치 하나가 얼마나 큰 위로가 되는지 나도 아는 사람이야. 그저 그 달콤한 시간에 생기와 활력을 듬뿍 충전하길 바라.

앞으로 우리 관계가 어떻게 변할까. 시간이 가면서 조금씩 보이지 않게 달라지겠지. 네가 결혼을 하면 아주 많이 달라질 테고. 생각해 보면 지금이 우리 둘 사이가 가장 행복하고 이상적인 시기인 것 같아. 그래서 더욱 일분일초가 애틋하고 소중하게 느껴지는 거고.

직장에 적응했다고 그러는지 요즘 너 슬슬 저녁 약속이 늘어나더라. 오늘 저녁도 약속 있다고 했지? 벌써 사흘씩이나 얼굴을 못 보네. 넌 그런 줄도 모르겠지만 난 그 사흘이 길다고 이렇게 편지를 쓰는 중이야. 네가 이 편지를 보면 또 집착한다고 얼굴을 잔뜩 찡그린 채, 도울 선생님 목소리로 한 소리 할 게 뻔하지만 어쩔 수 없어. 자꾸 생각나고 궁금하고 집착하게 되네. 원래 사랑하면 그렇게 되나 봐. 내가 널 더 사랑하는 거, 이제 알겠지?

우리 더없이 소중한 시간, 원 없이 사랑하며 잘 보내 보자. 엄마와 아들이 보통 인연이니? 이런 엄마 있으면 어디 나와 보라고 해. 아마 한 명도 없을걸. 이참에 너만 모르는 비밀 하나

알려 줄까? 너는 세상에서 제일 엄마 복 있는 아들이라는 거야. 하하하, 벌써 펄쩍 뛰며 뭐가 그러냐며 따지는 네 목소리가 귓전을 때리네. 알았어, 알았어. 그만할게!

아, 이 투덜거리는 소리는 뭐지? 왜 이리 편지가 길게 늘어지냐고? 그래, 이제 정말 마무리야. 앞으로도 건강하게 늘 그 자리에 나의 아들로 있어 주길 바라. 네가 무슨 말을 하든, 어떤 행동을 하든, 나는 널 사랑할 수밖에 없는 운명을 타고난 행운아야. 고맙고 사랑한다!

가족 여행이 뭐 별건가?

"역시 어묵은 휴게소 어묵이야. 음, 나도 소떡소떡 한 입 줘봐." 지금쯤 우리는 강릉으로 가는 고속도로 휴게소에서 한껏 들뜬 휴가 분위기를 즐기고 있었을 것이다. 태풍 카눈이 우리나라를 관통하지 않았다면. 우리는 오늘과 내일 강릉으로 가족 여행을 떠나기로 했었다. 일찌감치 호텔을 예약하고 차곡차곡 설렘과 기대를 쌓았다. 그런데 며칠 전부터 태풍이 경로를 바꿔 우리나라를 관통하겠다는 예보가 있더니 드디어 어제 제주에 상륙해 뱃길, 하늘길을 모두 끊어 놓고 서서히 남해로 올라오고 있단다. 벌써 전국이 각종 태풍 특보로 난리다. 본격적인 태풍이 오기도 전에 부산은 도로 표지판이 날아가고 간판이 떨어질 정도로 바람을 동반한 비가 내리고 있다는 무시무시한 보도도 잇따랐다.

예약한 호텔은 태풍으로는 취소가 안 된단다. 어쩔 수 없다. 뭐니 뭐니 해도 안전이 최우선이니까. '그 돈이면 찜해 둔 가방

을 하나 사고도 남을 텐데.', '우리 가족 외식은 한 번 할 텐데.'
하는 아쉬움이 솔솔 올라왔지만 애써 털어낸다. 만약 비바람을
뚫고 가다가 무슨 일이라도 당했다고 생각해 보면, 아휴, 생각
만 해도 아찔하다. 호텔비 손해 정도는 미련 없이 빵 사 먹었다
칠 수밖에.

어제는 가족 여행을 위해 서울에 있는 작은 아이가 내려와
조촐하게 집에서 저녁상을 차렸다. 고기를 굽고 큰아이가 아끼
며 쟁여 두었던 양주도 꺼냈다. 고등학교 선생님이 된 지 두 달
이 조금 넘었는데 벌써 선생님 태가 나는 듯해 신기했다. 큰아
이도 이제는 제법 직장에서 자리를 잡아 가고 있는 듯하고, 모
두 기특하고 대견했다. 직장인 선배라고 동생에게 이런저런 말
도 안 되는 처세술 조언에 은근 자기 자랑까지 슬쩍 얹는 노련
함을 보였다. 불그스레한 얼굴에 한층 높아진 목소리 그리고 점
점 늘어가는 허세와 잘난 척까지, 언제 저렇게 다 컸는지. 물끄
러미 바라만 봐도 입꼬리가 저절로 올라갔다. 이 녀석들 낳은
게 내 인생 통틀어 가장 잘한 일이지. 암, 그렇고말고.

작은 아이는 유난히 앳돼 보여 중학생이라고 해도 곧이들을
정도의 외모다. 그런 아이가 저보다 덩치 큰 아이가 수두룩한

남자 고등학교 1학년 담임으로 발령을 받았다. 요즘 교사만 한 극한 직업도 없다는데, 제대로 잘하고 있는지 늘 궁금하고 걱정이다. '작고 여리여리해도 제 할 일은 하겠지.' 하는 믿음으로 지켜보지만 영 마음이 놓이지 않는다. 작은아이가 웃으라고 들려준 발령 첫날 에피소드를 듣고도 마냥 웃지를 못했다.

아침 일찍 출근하는 우리 아이를 교문 앞에서 주임 선생님이 딱 막아서더란다. 그러고는 대뜸 "너는 왜 교복 안 입고 사복이야?" 첫날부터 너무 황당해 "저 그게⋯⋯." 하며 더듬거리고 있는데, 옆에 다른 선생님 왈 "공익인가 봐요." 하더란다. 너무 기가 막혔지만, 정색을 하고 신분을 밝히면 민망해하실까 봐 그냥 공익인 양 빠르게 교무실로 향했단다. 오죽 학생처럼 보이면 그랬을까. 과연 아이들 눈에는 어떻게 보일까. 이것저것 걱정돼 마음을 놓을 수가 없었다.

이런 맘 졸이는 걱정과 우려 속에 직장 생활을 시작하며 작은아이도 우리에게서 경제적으로 완전히 독립했다. 이제 더는 아이들에게 고정적으로 매달 용돈을 주지 않아도 된다. 오히려 적은 금액이지만 용돈을 받는 호사를 누리고 있다. 자식에게 용돈을 받으니 그렇게 좋을 수가 없다는 친구들 자랑을 들으면서 우리 애들은 어느 천년에 그럴까 했는데, 그게 오려니까 너무 금방이다. 하지만 생각만큼 마냥 좋지만은 않았다. 왠지 아이들에게서 나의 자리가 줄어든 것 같고, 이제 정말 나의 호시절은 다 지나고 아이들 오기만 기다리는 시골 노모가 된 듯한 허탈감이 느껴졌다. 그렇게 고대하고 바라던 것도 막상 닥치고 나니 그리 썩 좋지만은 않으니 참 알 수 없는 게 사람 마음이다. 이제는 작은 아이도 제법 학교생활에 적응한 듯하고, 덜렁거리며 실수 연발이던 큰아이도 점점 의젓한 금융맨이 되어 가고 있다. 무탈하게 잘 커 준 아이들을 보자면 고맙기도 하고 미안하기도 하고, 휴~ 안도가 되기도 하고 허전한 마음에 심란하기도 하지만 더없이 애틋하고 사랑스럽다.

아침 일찍 여행 취소 소식을 듣고 다시 늦잠을 자는지 통 연락이 없다. 사실 가족 여행을 떠나자고 한 것도 나와 남편이지 아이들이 아니었으니 취소한들 우리만 서운하지, 아이들은 오히려 다행이라고 내심 좋아할지도 모르겠다. 아이들 얼굴을 바라보고 손을 잡고 그 예쁜 입으로 종알거리는 얘기마다 웃느라 정신없는 게 어쩌다 큰 행복이 되었는지, 그 시간을 구걸하듯 만들지 못해 안달하는 내가 구차하고 안쓰러울 지경이다. 언젠가 아이들도 이런 나의 마음을 손톱만큼이라도 헤아리며 뒤늦은 후회와 함께 엄마를 그리워하는 날이 오겠지.

　종일 재난 문자 알림이 끊이질 않는다. 여행을 취소하길 잘했다. 얼른 아이들을 오라고 해 집에서 여행 온 듯 시원하게 에어컨 틀고 오순도순 맛있는 거나 실컷 먹어야겠다. 집에서 가족 모두 모여 도란도란 정답게 보낸다면 이 또한 가족 여행이 아닐까. 여행이란 '여기서 행복하기'의 준말이라지 않은가.

남편은 2년 차 농부

느지막하게 일어나 보니 남편이 없다. 아니, 오늘도? 하면서 밖을 보니 벌써 햇볕이 쨍쨍 내리쬔다. 무척 더울 텐데, 그렇게 무리하지 말라고 했건만. 오늘도 분명 새벽같이 밭에 갔을 것이다. 집에서 차로 20여 분 떨어진 곳에, 팔백 평쯤 되는 땅콩하고 들깨를 심은 밭이 있다. 심심풀이 소일거리로 짓는 농사치고는 벅찬 규모다. 더구나 경험도 없고 요령도 없는 완전 초보 수준이니 더더욱 힘에 부치고 버거울 수밖에 없다. 벌써 두 해째다.

농사 초보자에게 가장 적합한 작물이 들깨라는 말을 어디서 듣고는 첫해 들깨를 심었다. 심어만 놓으면 저절로 크고 기다렸다가 수확만 하면 되는 줄 알았다. 그런데 웬걸, 얼마 지나지 않아 풀과의 전쟁이 시작되었다. 들깨는 더디 자라고 풀은 쑥쑥 자랐다. 들깨는 연약하고 풀은 강인했다. 그래도 풀이 반인 밭에 가까스로 뿌리를 내리고 고소한 향을 풍기며 잎을 살랑이는 들깨를 보면 그렇게 기특하고 대견할 수가 없었다.

풀과 싸우다 보니 어느덧 수확 시기가 왔다. 남편 혼자 동동 거리는 게 안쓰러웠는지 남편 친구 두 명이 한나절 같이 베어 주었다. 터는 작업은 시골에 계신 아주버님과 형님이 기계를 신 고 와 밭에서 직접 해 주셨다. 일찍 끝날 줄 알았더니 꼬박 하루 가 걸렸다. 남편과 둘이 손으로 하려고 계획했던 일인데, 그랬 으면 아마 며칠은 족히 걸리고 우리 두 팔은 남아나지 않았을 것이다. 더구나 아주버님은 들깨를 시골로 싣고 가 깨끗이 씻어 말린 후 단골 방앗간에서 기름까지 짜 주셨다. 특히 방앗간에서 기름이 많이 나온다고, 어쩜 이리 농사를 잘 지었냐며 두어 말 을 비싼 가격에 사겠다고 했다는 말을 전했다. 난데없는 칭찬에 남편은 어깨를 으쓱하며 이제는 하다 하다 농사까지 잘 짓는다 며 흐뭇함으로 벙실거렸다.

남편의 첫 들깨 농사 실적은 들깨 판 돈 80만 원과 들기름 26 병이 전부다. 들깨를 수확하기까지 들인 비용은 총 76만 원이다. 인건비는 제외하고 고랑을 만들고 소독과 제초를 위해 오롯이 지출한 금액이다. 어떤가? 이만하면 잘 지은 농사인가? 최소한 하다 하다 농사까지 잘 짓는다고 만족해할 정도는 아닌 듯하다. 하긴, 고소한 냄새를 있는 대로 풍기는 들기름 26병은 돈으로 환 산할 수 없는 가치를 품고 있으니 생각하기 나름이지만 말이다.

80만 원으로는 들깨를 베어 준 남편 친구들에게 저녁을 사고, 기꺼이 수확을 도와주신 아주버님과 형님께 용돈을 드리고, 나머지는 농사짓느라 애쓴 남편 주머니로 들어갔다. 그러고는 저녁마다 머리를 맞대고 들기름 나눠 줄 26명의 명단을 신중하게 작성했다. 첫 농사로 지은 금싸라기 같은 들기름이라 명단을 엄선하고 또 엄선했다. 기분조차 자꾸 고소해져 입이 귀에 걸렸다. 그렇다. 이 맛에 그 힘든 농사를 짓나 보다. "이거 우리가 처음 농사지은 겁니다!" 하며 건넬 때 얼굴 가득 번지는 흐뭇하고 의기양양한 미소라니! 그래. 딱 이만한 보람이면 됐지. 뭘 더 바라겠는가?

지난해 들깨 농사는 쉽지도 않고, 손이 안 가는 것도 아니고, 순전히 우리 힘만으로 지을 수 있는 것도 아니었다. 그래서 농사를 그만둘지, 다른 작물을 심을지 심각하게 고민했다. 그 결과 올해는 땅콩을 심기로 했다. 고랑을 만들고 비닐 씌우기는 다른 사람 손을 빌렸다. 땅콩은 씨로 심을 계획이었는데 심다 보니 반도 못 심었는데 씨가 부족했다. 부랴부랴 여기저기서 구해 와 더 심었지만, 밭고랑 반은 그냥 남았다. 2년 차 농부의 준비성치고는 허술한 게 영 아니었다. 그렇게 남겨진 고랑에 끝내 심은 게 또 들깨다. 들깨와 무슨 인연이 있는지, 들깨밖에 심을 게 없다니 어쩔 수 없었다. 그래서 땅콩 반, 들깨 반의 밭이 되어 버렸다.

땅콩도 들깨도 풀이 장난이 아니었다. 남편은 요즘 매일 새벽같이 나가 풀을 뽑고 흙을 돋우고 밭 주변을 말끔히 정리한다. 해도 해도 끝이 없단다. 은근히 나도 같이 가자고 하는 푸념이겠지만 나는 못 들은 척한다. 얼마 전 더위에 지쳐 밭고랑에 쓰러질 뻔한 일이 있고 나서는 땅콩과 들깨에 정나미가 뚝 떨어졌다. 그 후로는 밭 근처에 얼씬도 안 하고 있다.

남편을 부르는 호칭이 새로 생겼다. 바로 '밭 사장'이다. 우리 밭 옆에는 모종을 길러 오일장에 내다 파는 아저씨 아주머니가 사신다. 남편이 아저씨를 '모 사장님'이라 부르니, 그분은 남편을 '밭 사장'이라 부른다. 어제는 모 사장님이 줬다며 커다란 양파 자루를 어깨에 메고 왔다.

농사에 훈수도 자주 두신다. "이렇게 해라.", "저렇게 해라.", 혹은 "그러면 안 된다.", "농사를 그렇게 지으면 어쩌냐." 등등 얼굴만 마주치면 한마디씩 하신다. 그럴 때마다 남편은 싱글벙글 사람 좋은 얼굴로 "네네~." 한다. 그러면서 가까워졌다. 혼자

일하고 있으면 아주머니가 밭으로 커피까지 배달해 준단다. 그렇게 무리하면 병난다고, 쉬엄쉬엄하라는 애정 어린 걱정과 함께. 아마 "왜 혼자만 그 고생이야. 둘이 같이하지." 같은 말도 했는데 이는 남편이 내게 전하지 않았을 수도 있다.

남편은 점점 농부가 되어 간다. 밭에 가지 않는 날은 땅콩과 들깨가 무척 궁금한 눈치다. 일기예보도 부쩍 잘 챙겨 본다. '땅콩 북돋우는 법'이나 '들깨 순 치기' 같은 동영상도 꼼꼼히 살핀다. 올해 농사는 지난해보다 나을지는 아직 모르겠다. 하지만 시골에 잘 융화되고 자연에 잘 스며들어 순하게 흙에서 생명을 길러 내는 남편의 여유와 느긋함은 눈에 띄게 나아지고 있다. 그거면 됐다. 땅콩과 들깨 수확은 덤이다.

내일은 모 사장님께 뭐라도 사 드려야 한다며 뭐가 좋을지 고민한다. 양파를 주셨으니 감사 인사를 해야 한다면서. "날도 더운데 시원한 수박은 어떨까요? 밭 싸장님~." 장난스레 '사장님'에 힘을 주어 길게 늘어뜨려 본다. "허허~ 그거 좋겠네." 기분 좋은 남편의 웃음소리가 평소와 약간 다르다. 앗, 이건 뭐지? 벌써 걸걸하고 호탕한 진짜 사장님 포스가??

당일치기도 좋아

태풍으로 포기한 1박 2일 가족 여행이 못내 아쉬워, 아침 일찍 당일치기 여행을 떠났다. 당초에는 울진으로 가 작은애가 좋아하는 해산물을 먹고 바다를 보고 올 예정이었지만, 오늘도 간간이 비가 오는 바람에 코스를 변경했다. 우선 안동의 병산서원과 부용대를 보고 단양으로 와 마늘 정식을 먹은 후 청풍호반 케이블카를 타고 집에서 바다 회로 저녁을 먹기로 했다. 일정이 빼곡했지만, 아침 일찍 출발하니 그리 어려운 일도 아니었다. 비는 오락가락했지만, 오히려 덥지 않아서 좋았다. 뭐든 생각하기 나름이고 여행은 저절로 너그럽게 긍정하게 된다.

내가 좋아하는 노래를 들으며 와자지껄하게 떠나는 오붓한 시간이 더없이 좋았다. 운전하는 남편 얼굴도 싱글벙글 부풀어 오른다. 오랜만에 가장 노릇 제대로 하는 듯할 테니 좋기도 하겠지. 암튼 출발 전 내가 마음속으로 한 다짐만 잘 지킨다면 오늘 여행은 틀림없이 모두 평화롭고 즐거울 테다. 무슨 일이 있어도 오늘만은 누구와도 싸우거나 마음 상하지 않고 웃으면서 돌아오겠다는, 작지만 결코 지키기 쉽지 않은 다짐 말이다.

병산서원 뒤뜰을 지키는 화사한 목백일홍 앞에서 가족사진을 찍었다. 얼마 만에 찍어 보는 나들이 가족사진인가. 남편과 나는 들뜨고 좋았지만 아이들 표정은 무덤덤해 보였다. 그래도 억지로 끌려 다니는 표정은 아닌 듯. 이거면 족하다. 예전에 병산서원은 와 봤지만, 부용대는 처음이다. 연꽃을 바라보는 언덕이라는 뜻으로 부용대에서 바라보는 하회마을이 마치 물 위에 떠 있는 연꽃처럼 보인다 하여 이름 붙여졌단다. 정말 마을 전체가 휘돌아 감겨드는 강가에 유유히 떠 있는 멋진 연꽃처럼 보였다. 여기서도 가족사진 한 장~. 유난히 사진 찍기 싫어하는 아이들이지만 엄마가 좋다고 하니 포기했는지 하자는 대로 순순히 따라 준다. 슬쩍슬쩍 미소까지 지으면서. 기특한 것들. 그러곤 엄마 별명을 새롭게 지어 준다. '삼보일찍'이라나 뭐라나. 하하하. 그리 싫지 않다.

부용대 입구 정자에서 간단하게 음료를 마셨지만, 슬슬 출출해져 더는 움직이기가 싫어졌다. 우리는 조금 이른 시간이지만 점심을 먹자며 단양으로 향했다. 비 온 뒤라 공기도 맑고 들판에 벼 이삭이 벌써 무거운 듯 살짝 고개를 숙였다. 머지않아 추석이니까 부지런히 알을 채우고 있으리라. 한없이 풍성하고 풍요로운 들판을 가로질러 신나게 달렸다. 차 안에는 나훈아의 〈기장 갈매기〉가 끼룩끼룩 신나게 날아다닌다. "오늘은 해운대 에서 사랑을 하고 내일은 영도에서 이별을 하고."를 내 맘대로 바꿔 혼자 흥을 돋운다. "오전엔 안동에서 사진을 찍고 오후엔 청풍에서 영상을 찍고~~."

단양 마늘 정식으로 유명한 식당에서 소백산 막걸리에 떡갈 비를 추가한 정식으로 배불리 먹고, 전망 좋은 카페로 향했다. 패러글라이딩을 할 수 있는 산꼭대기 카페다. 볼 때마다 '언젠 가 한 번 해 봐야지.' 하고 마음만 먹는 패러글라이딩은 한 번 더 마음만 먹었다. '죽기 전에 꼭 한 번 해 봐야지.' 하고. 느긋하게 차를 마시며 시답잖은 얘기에 함께 웃자니 부쩍 큰 아이들이 무 척 대견했다. 우리 자주자주 오자는 내 말에 건성으로 "네네~." 하는 것도, 그리 밉지 않았다. '내가 그동안 많이 외로웠나~.' 하 는 생각이 들 정도로 모든 순간이 다정하고 감동이었다.

늘 얘기는 많이 들었지만, 청풍 케이블카는 처음이다. 저 멀 리 목포에 있는 해양 케이블카는 두 번이나 탔으면서 코앞에 있는 케이블카는 처음이라니, 아이러니하다. 물과 하늘과 숲이 조화롭게 어우러져 만드는 풍광이 너무 멋졌다. 청풍이라는 이름에 걸맞게 시원한 바람에 땀이 쏘옥 들어갔다. 전망대에서 내려다보는 풍경이 예술이었다. 이렇게 멋진 곳을 이제야 오다니, 미안한 마음에 더 구석구석 누볐다. 멀리 월악산이 선명하게 보이고 시퍼렇게 흐르는 충주댐 어딘가에 수몰된 내 고향 마을도 있으리라. 아하, 그래. 어쩌면 두리번거리며 차가운 물속 어딘가에 있을 고향 마을을 찾게 될까 봐, 그래서 울적하고 쓸쓸해질까 봐 일부러 이곳에 오지 않았는지도 모르겠다. 잃어버린 고향에 대한 추억은 늘 슬프고 눈물 나게 하니까.

작은아이가 좋아하는 해산물을 잔뜩 떠 집으로 돌아왔다. 밥을 짓고 매운탕을 끓였다. 모두 적당히 피로하고 적당히 배가 고팠다. 오늘 하루 어땠느냐는 물음에 큰애, 작은애 모두 괜찮았다고 짧게 답한다. 남편은 일 년에 두 번씩은 꼭 가족 여행을 가잔다. 이번에도 알겠다고 짧게 답한다. 대답을 좀 길게 하면 좋으련만, 이건 이렇고 저건 저렇고 그래서 이렇다, 저렇다 등등. 좀 더 풍성하게 표현하고 속내를 보여 줬으면 하고 바라보지만, 아이들의 성향인 걸 어쩌랴. 모든 걸 내 마음대로 조종하고 통제할 순 없겠지 하고 마음을 추스른다. 그래도 싫다고 안

하는 게 어딘가. 싫은 건 명확하게 싫다고 하고야 마는 아이들인데.

남편과 둘이 하는 여행은 한없이 편안하고 마음이 놓인다. 크고 요란한 기쁨은 없지만 평화로움 속에 잔잔한 설렘이 있다. 아이들과의 여행은 퐁퐁 활기와 기쁨이 샘솟는다. 절로 미소가 번지고 툭툭 말을 걸게 되고 자꾸 사진이 찍고 싶고 영상까지 욕심낸다. 그 순간 행복에 겨운 나를 영원히 간직하고 싶어진달까. 아이들과 하는 여행엔 유독 내가 생기 넘치고 발랄하다. 말이 많고 웃음이 헤퍼진다. 뭐가 더 좋다고 할 수는 없다. 천천히 흐르는 고요한 강물도 좋고, 재잘거리며 찰방찰방 흐르는 시냇물도 좋으니까.

두고두고 재밌게 들춰 볼 소중한 추억 하나를 또 만들었다. 간혹 아슬아슬하게 흔들리기도 했지만, 그래도 끝까지 출발 전에 한 다짐을 잘 지킨 덕분이다. 아무도 모르게 나 혼자 한 다짐이고 노력이었으니 아무도 모르게 나 혼자 애썼다고 칭찬을 듬뿍해 주는 수밖에.

용돈 인상

남편이 며칠째 틈만 나면 용돈 인상을 주장하고 있다. 치사하게 아들에게까지 은근히 지원을 요청한다. 심지어 언니들과 식사 자리에서 교묘하게 용돈을 화제에 올리더니 용돈이 부족한데 내가 주지 않는다며 엄살을 떤다. 모르는 사람이 들으면 나만 쩨쩨하고 인색한 사람으로 오해하기가 십상이다. 언니들은 앞뒤 따져 보지도 않고 나보고 그러는 거 아니라며 당장 더 주라고 성화다.

사실 남편은 퇴직 전보다 퇴직 후 매달 쓰는 용돈이 늘어났다. 하지만 그 흔한 아이스크림 하나, 막걸리 한 병을 자기 용돈으로 사지 않는다. 어쩌다 휴게소에서 자기 용돈으로 커피 한잔 사는 날이면, 거금 지출에 허리가 휘청한다며 허리에 손을 대고 과장되게 쓰러지는 시늉을 잊지 않는다. 그렇다면 왜, 무엇 때문에 용돈이 부족한 걸까? 정말 그것이 궁금하지 않을 수 없다.

남편의 용돈은 거의 각종 모임의 회비와 지인들의 경·조사비로 나가는데 워낙 모임이 여럿이라 빠듯하단다. 그럼 퇴직도 했으니 모임을 줄여 보는 게 어떠냐고 넌지시 말하면, 줄일 게 어디 있느냐고 펄쩍 뛴다. 모두 오랜 역사와 전통을 자랑하는 귀하고 소중한 모임이라나 뭐라나. 심지어 얼마 전에는 퇴직자들끼리 새로 모임을 하나 결성했다며 신나 하기도 했다.

물론 그렇겠지. 하지만 '매달 모임 회비 지출이 과다하면 조금 줄일 수도 있지 않나.' 하는 게 내 생각이다. 남편은 고향 모임부터 초·중·고·대학교, 옛 직장 모임, 동갑 모임, 종친회 모임 등 십여 개가 넘는 다양한 모임을 즐긴다. 아마 유치원을 다녔다면 유치원 모임도 있었을 것이다. 특별한 건 없다. 여느 모임처럼 친목을 다지며 가끔 만나 밥을 먹는 게 전부다. 남편은 그런 모임을 통한 관계를 무척 중요하게 여긴다. 반면 나는 특별히 할 얘기도 없이 정기적으로 모여 밥만 먹고 헤어지는 그런 모임은 딱 질색이다. 별 의미도 재미도 없이 소모적이고 피곤하기만 해 그런 모임은 최소한으로 참여한다.

누가 옳고 그르고의 문제가 아니라 취향이나 성향이 다를 뿐임을 잘 안다. 그렇지만 적지 않은 용돈을 거의 모임 회비와 그

회원들의 축·부의금에 충당하느라 허덕인다면 뭔가 문제가 있는 건 아닌지, 차분히 돌아볼 필요는 있다고 본다.

한가한 오후, 남편에게 물었다. 한 달에 용돈이 얼마면 만족하겠느냐고. 어차피 돈 문제로 남편과 마음 상하고 싶지 않기에 웬만하면 원하는 대로 주려고 큰맘을 먹은 터다. 남편은 돈에 욕심 없다며 많은 돈도 필요 없고 매달 용돈 계좌에 백만 원 이상으로만 채워 달란다. 한 달에 정해진 금액을 달라는 게 아니고 정해진 금액을 채워 달라는 건 무슨 소리지? 도무지 이해하기 어려웠다. 아니, 얼마가 남아 있을지도 모르는데 그저 백만 원에서 부족한 액수만큼 채워 달라니. 아무리 괴산 출신이라 계산을 잘해도 그렇지, 어리바리 숫자에 약한 나를 헷갈리게 하려는 전략이라면 일단은 성공이다.

암튼 좋다. 그렇다면 매달 최대한 많아 봤자 백만 원이면 되지 않겠는가. 이만한 계산쯤은 나도 할 수 있다. 그 정도라면 남편 앞으로 지급되는 연금도 있으니 그리 어려운 일은 아니다.

돈 얘기가 나왔으니 말인데, 어릴 적 나는 돈에 뒤통수를 한 방 세게 얻어맞은 적이 있다. 그 한 방이 없었다면 아마 지금쯤 전혀 다른 삶을 살고 있었을 테다. 나는 돈 때문에 대학 진학을 포기했다. 전액 장학금을 지급하는 학교에 합격했으나 서울에서 지낼 방을 구하지 못해 어쩔 수 없이 기회를 잃었다. 물론 지금은 미련도 후회도 없지만 아주 가끔은 '그 시절로 돌아간다면?' 하고 내가 가지 않은 여러 갈래의 길을 상상해 볼 때가 있다. 그 당시 엄마 몰래 금반지라도 들고 무작정 서울로 올라가 어떻게든 입학했으면 어땠을까. 그럴 용기가 스무 살 촌뜨기인 내게 있었을까. 그 당시 직장 생활을 하던 큰 언니나 큰오빠가 경제적으로 나를 도와줬으면 어땠을까. 지금쯤 분명 모든 금전적인 빚을 완벽하게 갚고, 내 인생의 은인으로 깍듯이 모시며살지 않았을까. 사실 돈도 돈이지만 용기 내기가 더 큰 문제였다. 그러면서 나의 용기 없음보다는 돈이 내 꿈을 빼앗아 갔다고, 두고두고 망할 놈의 돈 탓만 하며 핑계를 댔다.

돈이 없어 학교 대신 직장에서 돈이란 걸 내 손으로 벌게 되면서 나는 돈을 일부러 우습게 여겼다. 매달 월급을 받고 그 돈으로 이것저것 사고 싶은 걸 사고, 그러는 동안 돈은 내게 별 게아니었다. 돈 때문에 잃어버린 꿈과 기회를 생각하면 돈이 말할수 없이 소중하고 혹은 무섭기도 할 텐데. 이상하게 그런 마음이 들지 않았다. 지금 생각하면 아마 돈에 대한 불안과 두려움에 오히려 돈을 무시하고 대수롭지 않은 척하는 습관이 몸에 배었던 것 같다.

별로 아끼지 않고 씀으로써 돈에 욕심도 집착도 없는 듯 행동했다. 돈, 돈 하는 사람을 더 경멸하고 비난하는 것으로 나를 가리고 포장했으며 심지어 나는 돈이 싫다고 건방을 떨기도 했다. 하지만 내 내면 깊숙이에는 돈에 대한 두려움과 집착이 언제나 굳세게 똬리를 틀고 있다는 걸 서늘하게 느낄 수 있었다.

사실 내가 남들보다 이른 퇴직을 할 수 있었던 것도 많지는 않지만, 연금이라는 안정적이고 지속적인 수입원이 있었기에 가능하지 않았나 싶다. 퇴사와 동시에 연금 지급이 되지 않았다면 새로운 삶에 대한 의지와 욕구 그리고 넘치는 자유를 향한 열망만으로 감히 퇴사를 꿈꿀 배짱은 없었을 테니 말이다.

인생사 모든 게 새옹지마라 했던가. 돌이켜 보면 돈이 없어 대학 진학을 포기했던 그 순간이 내 생애 더없이 중요한 순간이었으며, 다행스럽게도 나는 그 순간을 무난히 잘 지나온 듯하다. 왜냐하면 그로 인해 일찍 들어온 직장에서 남편을 만나고 아이들을 낳고 늦게나마 야간 대학교에서 원하던 공부도 하고,

30년 무탈하게 직장 생활 마치고 퇴직해 유유자적한 삶을 만족스럽게 누리고 있으니 말이다. 어쩌면 그 순간 지금처럼 내 인생이 펼쳐질 씨앗이 어느 틈엔가 이미 자리 잡고 있었으며, 운 좋게도 나는 그 씨앗을 발견해 싹을 틔우고 꽃을 피우며 소중히 가꿔 온 건지도 모르겠다. 울면서 어쩔 수 없이 한 선택을 더 할 수 없는 최선으로 만든 내가 기특하고 대견할 따름이다. 나이 탓인지 요즘은 낯간지러운 셀프 칭찬도 태연하게 잘하는 징그러운 나다.

돈 얘기에 느닷없이 내 지난날이 떠올라 엉뚱하게 길어졌다. 다시 남편의 용돈 문제로 돌아와 생각해 본다. 부부 백수인 우리에게 돈이란 무얼까. 아마도 새롭고 다양한 경험을 가능하게 하고 사람들과 더 좋은 관계를 맺도록 윤활유 역할을 톡톡히 하는 것. 그리고 뭐든 마음 가는 대로 해도 좋다는 허락이자 힘찬 응원쯤은 아닐까.

다행스럽게도 남편과 내겐 소박하게나마 연금이라는 안심 보험이 있으니, 그 범위를 크게 벗어나지 않는 한 용돈 인상을 두고 기운 빼며 불편해지고 싶지 않다. 앞으로 용돈에 관해서는 요모조모 묻지도 따지지도 않고 이것저것 간섭하거나 어쭙 않은 조언도 하지 않을 작정이다. 어차피 내 말을 귀담아듣지도 않을 터, 전적으로 남편의 '마음대로'에 맡기면서 다음 달부터 남편이 원하는 대로 흔쾌히 주고 지켜보련다. 과연 돈이 우리 관계를 얼마나 더 반질반질 윤기를 더해 주는 윤활유 역할을 하는지.

적어도 당분간 아이스크림이야 듬뿍 사 줄 테지.

명절이 달라졌다

나흘이나 되는 긴 추석 연휴를 어떻게 보낼까 고민하던 게 무색하게 벌써 연휴 끝자락이다. 올 추석은 틀에 박힌 인사말 그대로 알차고 넉넉한 추석이었다. 작년까지 추석 전날이면 허리가 아플 때까지 오전 내내 만들던 송편도 간편하게 떡집에 맞췄다. 더구나 조금 늦게 시댁에 도착해 보니 일찍 온 동서와 형님이 일찌감치 전까지 부쳐 놓았다. 그런데 종류와 양이 눈에 띄게 줄어 있었다. 드디어 큰형님의 과감한 용단이 있었나 보다. 마음속으로 박수를 보내며 일 없이 어슬렁거리다 뚝딱 점심 밥상을 차렸다.

그동안 추석 때마다 전날 오전엔 송편을 빚고 오후엔 갖가지 전을 부치는 게 일이었다. 명절 분위기 펄펄 풍기며 분주하게 종종거리는 일이 그리 힘들거나 싫은 건 아니었다. 하얀 쌀반죽으로 조물조물 예쁘게 만드는 송편은 어릴 적 시간 가는 줄 모르고 하던 흙장난 같아 재미있기도 했다. 오랜만에 만난 조카들과 동서랑 동그랗게 둘러앉아 이런저런 정다운 이야기를 나누는 것도 한층 명절 분위기를 돋웠다. 깨끗한 솔가지를 깔고 금방 쪄낸 송편에서 나던 향긋한 솔향기는 또 얼마나 기분 좋게 하던지. 송편이 제일 맛있을 때는 송편을 만들면서 금방 쪄낸 걸 먹을 때가 아니던가.

누구나 제일 먼저 골라 먹는 밤 송편까지 만들고 나면 떡이 마무리되고 간단히 점심을 먹는다. 오후에는 기름 냄새 고소하게 풍기는 전 부치기다. 차례상에 올리는 전을 모두 부치고 나서도 몇 가지 더 한다. "깻잎 전은 셋째네 큰조카가 좋아해서 꼭 해야 하고, 고추전은 막내가 매번 찾으니 안 할 수 없잖아. 이번엔 육전도 조금 해 보려고. 다들 좋아하겠지?" 식구들 제각각 좋아하는 전이 따로 있어 어느 하나 줄이지 못한다는 큰 형님 말씀이다. 누군가 지나가는 말로 "음, 이거 맛있네." 하고 나면 다음 명절에는 그 음식의 양이 어김없이 배로 늘어난다. 그러니 할 일이 점점 늘어나도 그저 '이 또한 사랑이려니.' 하며 지지고 볶고 부치는 수밖에. 가족 간의 정이 묻어나고 사랑이 흐르는 이런 분위기가 있기에 종일 매달려야 하는 명절 음식 준비도 별 불만 없이 거뜬했다. 마냥 즐거운 일이라고는 할 수 없지만 오래 이어 온 시댁만의 고유한 명절 문화였기에 당연하게 받아들였다.

그런데 이번 추석엔 특별히 할 일이 없으니 몸은 편했지만, 왠지 아쉬운 마음도 살짝 들었다. 추석 명절에 흠뻑 빠져들지 못하고 주변에 머문 듯한 소외감이 느껴진달까. 추석 전날의 한가한 오후가 낯설어 동서와 형님을 모시고 멀지 않은 곳에 유명한 카페가 있다고 해서 차를 마시러 갔다.

고불거리는 좁다란 산길을 따라 한참을 들어갔다. 이런 산속에 있는 카페를 누가 알고 찾아오려나 싶을 정도로 깊은 산속이었다. 그런데 웬걸, 두 개나 되는 주차장은 빈틈이 없었다. 잘 조성된 정원과 잔디밭에는 어린아이들이 제 집인 양 뛰어다니고 둥그렇게 가장자리마다 놓인 그늘막 탁자에는 사람들이 가득했다. 모두 우리처럼 명절 음식 준비를 끝내 놓은 사람들인지, 음식 준비가 필요 없는 사람들인지 딴 세상에 온 듯 신기했다. 우리도 느긋하게 앉아 사람들을 구경하며 차를 마셨다. 갖가지 꽃들은 물론 예쁜 그림이 그려진 다양한 소품들로 꾸며진 정원이, 높고 파란 가을 하늘과 어우러져 더없이 멋진 풍경을 이뤘다. '아. 명절 전날 이렇게 여유 있고 자유롭게 보낼 수도 있구나.' 처음 알았다. 종일 명절 음식을 준비하며 분주하게 주방에서 동동거리는 시간도 그리 싫지는 않았지만, 느긋하고 헐렁하게 카페에서 보내는 시간에는 비할 바가 아니었다.

추석날 아침, 성묘를 마친 다음 가족 모두 또 근처 카페로 향했다. 전날 간 카페가 좋았던지 형님의 제안이었다. 몇 백 년은 족히 되고도 남음직한 느티나무가 입구에 떡 버티고 서서 "어서 오시오!" 하는 카페다. 가족들과 야외 나무 밑에 둘러앉아 마시는 차 한 잔의 여유가 넉넉한 명절 분위기를 가득 채웠다. 찻잔을 들고 크게 웃으며 기념사진도 찍었다. 오래된 느티나무조차 너무 보기 좋다고 박수를 보내는 듯 살짝 몸을 흔들었다. 모두의 얼굴에 흐뭇한 미소가 번지는 화기애애한 시간이었다. 서로 내겠다고 우기던 찻값은 끝내 큰 계약을 성사시켰다며 한 턱 내겠다는 공인중개사 조카에게 돌아갔다.

이번 추석은 처음으로 두 곳의 카페에서 가족들과 오붓하고 다정한 시간을 보낸 명절로 기억될 것이다. 명절이 뭐 별건가. 어디서든 가족끼리 오순도순 정을 나누고 사랑을 나누면 그만이지. 꼭 집이 아니면 어떻고 기름진 명절 음식이 아니면 어떤가. 전망 좋은 카페에서 담백한 차 한 잔 앞에 두고도 함께 즐거울 수 있다면, 그것만으로도 족한 거 아닌가. 많은 음식을 만들어 나누는 것보다 왠지 카페에서 느릿느릿 여유를 한껏 나눈 이번 추석이 더 풍성하고 알찬 명절이라는 생각이 든다.

이제 시대의 오래된 명절 문화도 서서히 변화의 조짐이 보인다. 부디 다 함께 즐겁고 웃음이 넘치는 다양한 시도가 있는 변화이길 바란다. 저마다 고유한 전통의 뼈대를 지키면서도 나름의 재미와 즐거움은 얼마든지 만들 수 있을 테니까.

다음 명절은 또 어떤 모습일까. 벌써 궁금해진다.

걷기만 해도 돈이 쌓이다니

지금 시각 밤 11시 45분, 남편은 휴대폰을 들고 거실을 이리 저리 뛰고 있다. 아마 오늘은 활동량이 적어 만 보를 채우지 못 했나 보다. 남편과 나는 요즘 하루 걷는 걸음 수로 각종 챌린지 에 열성적으로 참여한다. 보이지 않게 경쟁까지 하고 있다. 하 루 최대 만 보에 거금(?) 100원이 적립된다. 무조건 하루 만 보 이상 걸어 100원을 적립하는 게 목표다. 특별히 산을 오르거나 여행을 다녀오는 경우, 만 보 채우기는 일도 아니다. 하지만 집 에만 있는 날은 그리 만만치 않다. 집 앞 호수를 두세 바퀴 돌아 야 겨우 만 보가 채워진다.

걸음 수가 부족하면 집에서 제자리 뛰기라도 해야 한다. 다 리가 아파 그것도 어렵다면 누워서 휴대폰을 손에 들고 마구 흔 들기라도 해야 한다. 그러면 바보같이 걷고 있는 줄 알고 걸음 수가 올라간다. '아니, 무슨 스마트 폰이 이래?' 똑똑한 스마트 폰도 가끔 멍청할 때가 있나 보다.

깜빡 잊고 만 보를 채우지 못한 채 자정을 넘기는 날에는 무척 실망하며 애석해한다. 슬쩍 둘의 적립금 차이를 확인하기도 한다. 우리는 벌써 하루 만 보에 100원씩, 만 원을 채워 상품권으로 교환한 바 있다. 날마다 만 보씩 걷는다면 석 달 열흘이 걸리지만, 못하는 날도 있어 그보다 훨씬 오래 걸렸다. 쓸데없이 대단한 끈기와 열성이다. 그 돈으로 뭘 했는지는 생각나지 않는다. 하지만 만 원이 쌓여 상품권 교환 신청 버튼을 누를 때의 그 기쁨과 벅차오르던 성취감은 또렷이 기억한다.

이렇게 우리는 아무것도 아닌 것에 목숨을 걸고, 시답잖은 것에 일희일비하며 헐렁하고 느슨하게 살고 있다. 그래도 어느덧 만 보 채우기는 날마다 꼭 해야 하는 미션으로 자리 잡았다. 권태로운 일상에 활력을 주는 경쾌한 리듬쯤 되려나? 살면서 어떨 땐 시시하고 하찮은 것들이 의외로 든든한 힘이 될 때가 있다. 만 보 챌린지가 내게는 그렇다. 웬만하면 하루 만 보를 채움으로써 일상의 질서를 유지한다. 비로소 무탈하고 평화로운 하루의 페이지를 홀가분하게 넘기는 기분이랄까. 남편과 함께 이래 봬도 최소 연봉 3만 원은 된다며 휘적휘적 걷다 보면, 종아리는 알이 배기고 얼굴엔 건강한 웃음이 삐져나온다.

저녁마다 호수 산책으로 걸음 수를 채우다 보니 매일 마주치는 사람도 적지 않다. 남편과 나는 우리만의 언어로 그들을 부른다. 매일 하얀 바지를 입고 어깨를 곧게 편 채, 땅 꺼질세라 가만가만 걷는 사람은 '하얀 바지', 한겨울만 빼고 매일 슬리퍼를 신고 걷는 사람은 '슬리퍼', 두 부부가 매일 다정하게 같이 걷는 사람은 '부부', 매일 같은 바람막이 점퍼에 같은 모자를 쓰고 걷는 사람은 '똑같은 옷'이라고 부른다.

그들 중 한 명도 못 보는 날은 없다. 한두 명은 꼭 마주친다. 만난다고 인사를 하거나 아는 체를 하는 건 아니다. 다만 마주치고 지나가면 남편과 나는 서로 마주 보며 '음, 누구누구네~.' 하며 우리만 아는 눈빛을 주고받는다. 누구든 한동안 보이지 않으면 무슨 일 있나? 궁금해하기도 하고, 오랜만에 만나면 반가워 덥석 손을 잡으며 인사를…… 하지는 않고, 그냥 씨익 우리끼리 웃는다.

간혹 이런 생각이 든다. 그들도 우리 부부를 알까? 날마다 마주치니 알 수도 있을 듯, 안다면 어떤 모습으로 기억하고 있을까? 귀신같이 백수인 걸 눈치채고 혹시 '백수 부부'라고 하는 건 아닐까?

만 보를 걷는 동안 별 쓸데없는 생각을 다 하게 된다. '사람들은 무슨 생각을 하며 걸을까?' 하는 생각도 자주 한다. 나에게 만 보 걷기란 만 번의 발걸음에, 만 가지의 생각이 들고 나는 일이다. 날마다 이런저런 생각을 굴리며, 이런저런 사람들과 마주치고, 남편과 이런저런 이야기를 나누는 만 보 걷기는 내 일상에 빼놓을 수 없는 건강한 즐거움이다. 게다가 덤으로 돈까지 쌓이다니, 더할 나위 없이 유익하다. 그러니 기꺼이 결심하지 않을 수 없다. 앞으로 걸음걸음으로 떼돈(?)을 벌어 부자가 되는 그날까지 결코 만 보 걷기를 멈추지 않으리라.

내 인생의 소원은
조용한 평화
좋은 책 몇 권
노래를 아는 친구 하나
그리고 검소한 식사

슈바이거르트의 시 「내 인생의 소원」에 나는 기꺼이 하나 더 보태고 싶다.

'하루 걸음 만 보'를.

출근이 싫다고?

"아휴~ 출근하기 싫어." 아들의 투덜거림이 계속된다. 벌써 아홉 번째인가? 그렇다면 이제 한 번 정도만 더 하면 현관문을 나설 것이다. 저런 소리를 매일 아침 한 열 번쯤 들어야 "갔다 올게." 하는 소리를 들을 수 있다. 갔다 온다는 말의 경쾌한 톤이나 힘찬 기운으로 볼 때 그리 출근하기 싫은 건 아닌 것 같은데 유난히 싫다고 투덜거린다.

세상에 출근이 즐거운 직장인이 어디 있으랴. 그래도 꾸역꾸역 출근해야만 하는 괴로운 심정, 출근만 안 하면 세상 바랄 게 없을 것 같은 막연한 소망을 내가 모르지는 않는다. 하지만 날마다 습관처럼 불평을 달고 사는 건 너무하지 않나 하는 생각에 오늘은 말이 곱게 나가지 않았다. "가야지 오지. 이놈아." 나는 왜 맨날 가야만 하냐고 불만을 터뜨리는 아들에게 퉁명스럽게 쏘아 댄 말이다. "다시 오려고 간다고?" 아들은 기가 막힌다는 표정으로 쌩하니 찬바람을 일으키며 나갔다. 내 말대로라면 다시 집으로 돌아오기 위해 나간 것일 테다.

곰곰 생각해 봤다. 가야지 온다는 그 말을. 어찌 보면 말장난 같지만 아주 틀린 말은 아닌 듯. 나는 산에 오르면서 늘 생각한다. 산에 왜 오르는가. 누군가는 산이 거기 있어서, 멋진 풍광 감상하려고, 혹은 맑은 공기 마시며 체력을 기르려고 오른다지만, 사실 나는 내려오려고 오른다. 음식을 맛있게 먹으려고 최대한 배고플 때까지 참았다가 먹는 것과 같은 맥락이랄까. 누가 들으면 어이가 없을지 모르겠지만 나는 그렇다. 힘들고 고통스럽게 올라 정상을 찍고 내려올 때의 그 날아갈 듯한 홀가분함, 난 그 기분을 느끼러 산에 간다. 물론 오르고 내리는 그 과정 모두 소중하지 않은 순간은 없다. 굳이 제일 큰 이유 하나를 들라면 그렇다는 말이다.

주어진 책임을 최선을 다해 완수한 다음 누리는 그 개운한 자유, 그 뿌듯한 성취감, 하산할 때마다 나는 그 푸릇푸릇한 자유의 맛을 즐긴다. 그 맛은 말 잘하는 누군가가 귀에 쏙쏙 들어오게 설명한다고 상상할 수 있는 그런 게 아니다. 오로지 직접 두 발로 체험하고 나서야 선물처럼 느낄 수 있는 감정이다. 그러니 내가 산에 오르는 이유는 내려올 때의 그 풍선처럼 가슴이 부풀어 오르는 충만한 느낌을 위해 오른다고 할 수 있다.

우리는 모두 떠나야 도착할 수 있고, 가야지 올 수 있다. 헤어져야 다시 만날 수 있고, 산에 올라야 내려올 수 있다. 아무리 귀찮아도 출근을 해야 기분 좋은 퇴근을 할 수 있지, 출근도 안 했는데 퇴근의 아늑함과 달콤함을 느낄 수가 있겠는가. 그러니 나의 대답이 아예 틀린 말은 아니다. 아들에게 즐거운 출근까지는 바라지 않는다. 다만 어차피 매일 출근해야 하는 거, 습관적인 투덜거림 대신 열심히 일한 후 퇴근할 때의 뿌듯한 만족감을 생각하며 흔쾌히 출근을 받아들였으면 좋겠다. 집 나설 때만 귀찮고 싫지, 일단 회사에 가면 그런대로 직장 생활의 자잘한 재미와 기쁨들이 기다리고 있다는 걸 잘 알지 않은가.

말도 습관이다. 종종 내 기분을 속이며 말이 먼저 습관적으로 나갈 수 있다. 출근이 싫지 않아도 싫다는 말이 앞서 나가면, 그 소리를 들은 마음은 정말 출근이 싫어질 수도 있다. 어떨 땐 무의식적인 내 말이 내 기분과 감정을 알아서 제멋대로 만들곤 하니까. 긍정적이고 좋은 말을 해야만 하는 이유이기도 하다.

종일 아들에게 한 말을 되새기다 보니 생각이 점점 확장된다. 우리가 태어나 살아가는 이유는 뭘까. 살다가 잘 죽으려는 걸까. 하긴 태어나야 죽을 수도 있고 죽어야 다시 태어날 수도 있는 거니까. 이렇게 생각하니 서글프기도 하고 체념이 되기도 한다. '사람 사는 게 다 그렇지, 뭐.' 하는. 죽을 때 홀가분하고 개운하게 잘 살았다고, 마치 커다란 산의 정상에서 내려올 때의 기분을 느끼기 위해서는 어떻게 살아야 할까. 쉽게 답할 수 없는 어려운 문제다. 숙제처럼 오래 붙들고 이리저리 굴리다 보니 자연스레 하나의 생각에 닿는다. 지금 내 앞에 놓인 삶을 듬뿍 사랑하며 사는 것.

삶을 사랑하며 산다는 건, 뭐가 됐든 내 앞에 놓인 과제를 힘껏 끌어안고 기꺼이 감당해 내겠다는 긍정적인 자세와 태도로 삶을 마주하는 것이라고 나는 생각한다. 출근에 관한 소소한 불평과 불만은 더없는 사치에 불과하다. 더구나 안타깝게도 출근하고 싶어도 할 수 없는 사람이나 돌아오지 못하는 사람이 얼마나 많은 세상인가. 무조건 아침에 출근할 데가 있고 저녁에 집으로 돌아올 수 있다는 건 기분 좋은 행운이고 엄청난 축복이다. 레드 카펫을 밟듯 멋진 웃음 날리며 힘찬 걸음으로 나서고 더없이 감사한 마음으로 돌아올 일이다.

아들은 언제쯤이나 이 축복을 알아챌 수 있을까.

이제는 닥닥이다

"아휴, 이쯤 되면 병 아닌가?" 시도 때도 없는 남편의 철 지난 아재 개그에 내린 아들의 한숨 섞인 진단이다. 요즘 부쩍 말꼬리를 잡고 엉뚱하게 연결 지어 혼자만 즐겁고, 나머지 사람들은 어이없게 만든다. "가만히 좀 있어요." 하면 "가마니는 쓰는 것 아닌가?" 하고, 말 중간에 "근데." 하면 "근대는 국 끓여 먹는 거지." 하며 끼어든다. 해장국에 들깨를 타라고 권하면 "들깨는 술이 들깨!"라고 하질 않나. "나 이제 말 안 할래." 하면, 그럼 '소'를 할 거냐고 묻는다. 내 참 기가 막혀서, 피식 웃지 않을 수 없다. 조금이라도 리액션을 보이면 잇몸을 드러낸 채 환하게 웃으며 어린아이처럼 좋아한다. 재미없으니 제발 그만 좀 하라고 하면, 혈액형이 노력형이라 재밌을 때까지 쭉 노력해 보겠다며 의지를 불태운다. '난감하네~.'가 아닐 수 없다.

얼마 전에는 산을 오르는데 한 시간쯤 지나서야 남편의 휴대폰을 차에 두고 온 것을 알게 되었다. 블랙야크 명산 인증을 하려면 휴대폰이 있어야 하는데 낭패였다. 되돌아가서 가져오기에는 너무 많이 와 버렸다. "이번 산은 하지 말지 뭐. 내가 인증에 목숨 거는 것도 아니고." 하면서 순순히 인정하길래 그런가 보다 했다.

한참을 더 오른 후 쉬고 있는데, 드디어 인증할 방법을 찾았다며 큰소리로 유레카를 외치는 것이었다. 둘이 정상에서 사진을 찍고 내 GPS 발 도장을 찍으면 누가 봐도 둘이 함께 산에 오른 게 확인될 테니 잘 말해 보잔다. 아이고, 인증 안 하겠다더니 올라오는 내내 어떻게 인증할지 그 궁리만 했나 보다. 쓸데없이 인증에 목숨 거는 거 인정!

요즘 앱으로 인증 신청을 하는데 누구한테 잘 말한단 말인가. 차라리 내 휴대폰을 남편 아이디로 로그인 후 인증 신청을 하면 또 몰라도. 하도 귀가 막혀 "아이고, 사람이 왜 그리 구식이야?" 하고 말하자, 눈을 동그랗게 뜨고 깜짝 놀라는 척 말한다. "구식이? 당신이 내 친구 구식이를 어떻게 알아. 언제 만난 적 있어?" 앗, 또 아재 개그다. 매사 이런 식이다. 내 참, 어이가 없어 말이 안 나오면서도 피식 웃음이 터졌다.

툭하면 내 친구 상식이가 있어 상식이 풍부하다는 말을 입에 달고 살더니, 어느새 친구 '구식이'를 만들었나 보다. 앞으로는 구식이라고 타박도 못 하겠다. 두고 볼 일이다. 세련된 친구 '신식이'는 언제쯤 만들는지.

남편과 나는 하루에도 몇 번씩 이런 실없는 농담을 주고받으며 나사 몇 개는 빼놓은 듯 느슨하고 헐렁하게 지낸다. 뭘 해도, 어디를 가도 꼭 짜인 계획은 없다. 그저 닥치면 닥치는 대로 '닥닥'이다. 지나치게 미리 걱정하고 계획하며 안달복달하지 않고 그때그때 상황에 따라 유연하고 적절하게, 생각을 전환하며 대처해 나가겠다는 뜻이다. 이를테면 뭐가 됐든 첫 단추를 잘못 끼웠어도 당황하지 않고 "Let it be~."를 외치며 자연스럽게 흘러가도록 지켜보는 것이다. 왜냐하면 다시 끼우든, 아예 풀어헤치든, 아니면 잘못 끼운 그대로 새로운 스타일을 만들든. 늘 선택지는 많고 그때 가서 그중 좋은 걸 선택하면 되니까.

어떤 일이 닥치든 할 수 있는 범위 안에서 닥치는 대로 대처하고 해결하면 그만이다. 그래도 아무 일도 일어나지 않는다는 걸 이제야 알았다.

백수로 지내다 보니 삶의 자세와 태도가 많이 달라진다. 뭐든 오면 오는 대로, 가면 가는 대로, 생기면 생기는 대로 자연스럽고 유연하게 받아들이고 적응한다. 내가 어찌지 못하는 일에 오래 매달려 괴로워하지 않는다. 지금 여기서 내가 할 수 있는 일이 무엇인지에 집중하며 그것에 최선을 다하려 노력할 뿐이다. 이런 시간이 쌓여 조금씩 달라진 내가 될 테다.

우리 같은 백수의 가장 좋은 점은 아마도 시간 부자의 넉넉함에서 샘솟는 마음의 여유가 아닐까 싶다. 마음의 여유 공간을 뭐든 마음 가는 대로 채울 수 있는 자유, 누군가에게 인정받거나 드러나는 성과를 보여 줘야 하는 부담에서 완전히 벗어난 자유, 이보다 홀가분하고 개운한 게 있을까? 뭘 하든 그럴싸한 이유나 명분은 하나도 필요 없다. 그냥 '내가 좋아서' 이 다섯 글자면 충분하다. 커다란 축복이 아닐 수 없다.

우리는 앞으로도 시답잖은 농담에 웃음을 나누며 크든 작든 순전히 내가 좋아서, 내가 하고 싶어서 하는 일에 끊임없이 도전하며 살 것이다. 언제나 닥닥의 자세로 유연하고 단순하게 재미와 즐거움을 열심히 찾으면서.

제2부

이만하면 제법
평화로운 일상

그저 그런 일상이 나를 만든다

저절로 눈이 떠진 걸 보니, 보나 마나 아홉 시다. 포근한 이불 속에서 늦잠을 잘 수도 있지만 박차고 일어난다. 제일 먼저 거울을 보며 반갑다고, 이렇게 환한 얼굴로 다시 만나 더없이 기쁘다고 인사를 건넨다. 마치 못 만나리라 생각한 사람을 운 좋게 다시 만나기라도 한 것처럼. 처음 맞이하는 날처럼 설레고 감사한 마음을 듬뿍 충전하는 게 하루를 시작하는 나의 루틴이다. 마치 워렌 버핏이 아침에 일어나 가장 먼저 콜라를 마시는 것처럼.

조금씩 마음에 근육을 만들고 있다. 내가 정해 놓은 대로 하루의 시작과 끝 그리고 그 중간과 사이사이가 매끄럽게 이어지고 채워지며 졸졸 흘러가도록.

온전히 하루를 계획하며 마음먹은 대로 살아가기란 보통 어려운 게 아니다. 얼마 전 백수가 된 나는 세끼를 잘 챙겨 먹고,

뒹굴뒹굴 무탈하게 잘 노는 게 일과의 전부다. 반드시 하지 않으면 당장 큰일 나는 일이 있는 날은 거의 없다. 책 읽고 산책하고 일기 쓰기와 같이 사소하고, 어디 내놓고 말하기 부끄러울 정도의 고만고만한 일들뿐이다. 어느 때든 내팽개치고 훌쩍 떠났다가 돌아와도 크게 문제 될 게 하나도 없다. 이렇다 보니 일상에 뼈대를 세우고 규칙적으로 생활하기가 여간 위태로운 게 아니다. 아무리 마음을 다잡아도 며칠 못 가 무너지기 일쑤다.

그래도 내가 기댈 건 내 마음밖에 없다. 이 소소한 일과가 해도 그만, 안 해도 그만이 아니라 나를 지탱하는 중심축이라고, 하루에도 수십 번 나를 다독인다. 하찮고 보잘것없지만 날마다 반복되는 일상이야말로 놀랄 만한 힘을 지니고 있다고. 누구의 하루인들 그리 반짝반짝 빛나기만 하겠느냐고.

대단하든 아니든 내 일상을 만들어 가는 주체는 나고, 내 안에 그만한 힘은 충분히 있다고 믿는다. 매일같이 반복되는 일상을 흔들림 없이 주도적으로 밀고 나가는 것이야말로 내 삶에 대한 최고의 예우고 최선을 다하는 것일 테다.

요즘 나의 일상을 채우는 몇 가지가 있다. 날마다 '하루 만 보, 하루 천 자'의 실천이다. 몸의 건강을 위해 하루 만 보를 걷고, 정신 건강을 위해 하루 천 자를 쓰자는, 어느 신문사에서 주관하는 국민건강 운동이다. 신청만 하면 날마다 걷기 좋은 코스와 유익한 건강 정보 그리고 필사하기 좋은 천자 분량의 글을 메일로 보내온다. 대부분 마음을 다스리며 함께 읽기 좋은 책 일부를 발췌한 글들이다. 요 며칠은 어느 변호사가 쓴 『인생 커트라인은 60점이면 충분하다』라는 책이다. 유쾌하고 생각할 거리까지 툭툭 던져 주는 글들을 만나는 재미가 제법 쏠쏠하다.

처음엔 날아가고 기어가던 글씨가 점점 단정하게 자리를 잡아 가고 있다. 좋은 글을 읽으면서 마음을 수련하고, 한 자 한 자 차분하게 옮겨 쓰면서 한 번 더 마음의 뾰족한 모서리를 둥글게 고른다.

필사를 마치면 그 생각할 거리를 주머니에 넣고 만지작거리며 느긋하게 만 보 걷기 산책에 나선다. 이리저리 생각을 굴리며 녹음이 울창한 숲길을 걷다 보면 마음은 어느새 말랑거리고 온몸에 초록 물이 스며드는 듯 감각이 한껏 예민해진다. 몸과 마음이 즐거운 자극으로 간질거린다. 특별하달 것 없는 일상에 날마다 공짜로 누리는 축복이 아닐 수 없다. 밋밋한 맛에 한 방울 똑 떨어뜨리면 색다른 맛이 나는 요리 에센스 같달까? 내 일상에 팔딱거리는 생기와 활기를 주는 기분 좋은 습관이다.

날마다 짧게 혹은 길게 일기를 쓴다. 특별한 일이 있어서 혹은 하나도 없어서 쓴다. 어떤 날이든 '나는 오늘'이라고 일단 시작만 하면 뭐가 됐든 줄줄 달려 나오는 게 일기다.

나는 믿는다. 지루하게 반복되는 일상을 조금이라도 빛나게 해 줄 수 있는 건 일기뿐이라는 것을. 하루의 질감과 시간의 섬세한 무늬 그리고 내 감정의 흐름을 다른 언어와 문장으로 씀으로써 날마다 새로운 나만의 날을 만들 수 있기 때문이다. 날마다 쓰지 않으면 어제와 같은 오늘, 오늘과 같은 내일이 되지만 씀으로써 어제와 다른 빛깔의 오늘, 오늘과 다른 표정의 내일이 될 수 있다. 일기만큼은 언제 어디서든 한 줄이라도 꼭 쓰고 잠자리에 들려고 노력한다. 몇 안 되게 가지고 있는 좋은 습관 중 하나다.

책 읽기는 하루 한 권에서 사흘에 한 권으로 수정했다. 물론 넘쳐나는 게 시간이니 하루 한 권 읽기도 그리 어려운 일은 아니지만, 천천히 음미하면서 서두르지 않고 싶어서다. 좋은 문장을 따라 적어도 보고, 소리 내어 읽어도 보고, 책장을 덮고 느긋하게 서성이거나 졸기도 하면서 말이다. 읽을거리가 옆에 쌓여 있는 것만으로도 흐뭇하고 안심이 된다. 뻥튀기 반, 마카로니 반이 담긴 쟁반을 옆에 끼고 야금야금 책 속으로 빠져드는 기분이라니, 하루 중 더없이 안온한 시간이다.

하지만 벌써 책을 조금만 오래 보면 눈이 뻑뻑하고 피로감이 몰려온다. 이제는 어쩔 수 없이 내 몸의 눈치를 보면서 살살 달래며 살아갈 때이지 싶다. 예전처럼 혹사하다가는 머지않아 무슨 어깃장을 부려 나를 놀라게 할지 모를 일이다. 치사하고 구차해도 하는 수 없다. 늘 세심하게 몸의 비위를 맞추며 몸이 하는 말에 무조건 네네~ 하며 고분고분 따를 수밖에.

영화 보기는 내게 주는 달콤한 칭찬 선물이다. 저녁에 하루를 돌아보며 영화를 볼지 말지 결정한다. '음, 오늘은 최선을 다한 하루야. 애썼어.' 하고 나를 토닥이는 날이면 찜해 뒀던 영화 중 하나를 고른다. 하지만 아무 까닭 없이 나태하게 시간만 허비한 것 같은 허탈한 날은 아무리 보고 싶은 영화가 있어도 꾹 참는다. 영화 보기는 내가 가장 좋아하는 것으로, 내 일상을 제대로 유지하기 위한 특별한 장치로 활용한다. 이를테면 나만의 당근과 채찍 같은 그런 것으로.

보다시피 내 일상을 채우는 것들을 조이는 나사는 너무나 헐
겁고 느슨하다. 자칫 방심하면 제멋대로 스르르 풀어지기가 십
상이다. 하지만 다름 아닌 그 일상이 나를 만들어 간다는 걸 알
기에 수시로 마음을 다지며 나사를 조인다. 하루를 온전히 내
의지대로 내가 선택하고 결정할 수 있는 백수의 무한한 자유가
꼭 축복만은 아닐지도 모르겠다. 점점 말을 듣지 않으려는 몸과
수시로 변덕을 부리려는 마음을 어르고 달래야 하는 고단함과
고독감이 수시로 밀려드는 걸 보면.

뭐든 반복은 지루하다. 일상은 반복되지만, 그 모든 순간이
같을 순 없다. 새로운 설렘도 있고 어제와 다른 즐거움도 숨어
있기에 견딜 만하다. 부디 올 한 해 거창하지도 특별하지도 않
은 나의 일상이지만 지치거나 지루해하지 않고 '꾸준히 반복'해
나갈 수 있길 바란다. 이렇게 보내는 하루하루야말로 내가 바
라고 원하는 삶을 부지런히 만드는 보이지 않는 손이란 걸 믿고
또 믿으면서.

백두산 천지를 단 한 번에

남편이 그렇게 가고 싶다고 노래를 부르던 백두산 여행을 4박 5일 일정으로 떠났다. 서파로 한 번, 북파로 한 번, 백두산 정상을 두 번 오르는 일정이다. 두 번의 백두산 천지 조망을 빼면 느슨하고 헐렁하다.

백두산 여행의 관건은 뭐니 뭐니 해도 변화무쌍한 날씨라고, 먼저 다녀온 사람들 모두 입을 모았다. 여러 번 백두산을 올랐지만, 한 번도 천지를 보지 못했다는 안타까운 경험담도 꽤 여럿 있단다. "백 번 오르면 천지를 두 번 볼 수 있다."라고 해서 백두산이라고 부른다는 우스갯소리가 있을 정도라니, 정말 "3대가 덕을 쌓아야만 천지를 볼 수 있다."는 말이 괜히 있는 말이 아닌 듯했다. 모쪼록 날씨가 맑아 우리가 오르는 날, 천지가 그 웅장한 자태를 아낌없이 뽐내 주길 바랄 뿐이었다.

드디어 서파로 백두산을 오르는 날이다. 눈뜨자마자 하늘을 보니 다행히 구름 한 점 없이 맑았다. 아침 일찍부터 서둘러 여러 차례 버스와 봉고차를 갈아탄 후 드디어 1,442개의 계단이 있는 지점에 도착했다. 구불구불 끝없이 펼쳐진 계단이 아득하게 느껴졌지만 중간중간 쉴 곳도 보이고, 경사도 가파르지 않아 그리 겁먹을 정도는 아니었다. 남편과 손을 잡고 나란히 첫 번째 계단에 조심스레 발을 올렸다. 꿈에 그리던 백두산을 직접 오르는 감격을 찰칵 사진으로 남겼다. 그러고는 '천천히 조심조심'을 함께 외치며 오르기 시작했다.

500개를 오르고 쉼터에서 주변을 둘러보니, 산이라면 당연히 있음직한 키 큰 나무는 하나도 없이 작은 풀들만 누워 있는 풍경이 낯설었다. 내가 지금껏 오른 산과는 너무 달랐다. 때를 잘 맞춰 오면 알록달록 야생화가 지천으로 핀다더니 시원하게 트인 구릉지가 그럴 만했다. 그럼 야생화 필 때 맞춰 한 번 더 와야 하나? 그 풍경이 얼마나 장관을 이룰까? 마음대로 상상하며 다시 오르기 시작했다.

천지가 어떤 모습일지 궁금해 자꾸 걸음이 빨라졌다. 드디어 정상에 도착. 우와~~ 백두산 천지가 그림처럼 펼쳐진 채 우리를 기다리고 있었다. 눈이 시리도록 파랗다는 게 이런 걸까. 완벽도 이런 완벽이 없었다. 마치 누군가 밤새 그래픽 기술로 정교하게 만들어 짠~ 하고 펼쳐 놓은 건 아닌가 의심이 들 정도였다.

경이롭다나 환상적이다, 혹은 아름답다나 감격스럽다 등 내가 아는 모든 수식어를 총동원했지만, 성에 차지 않았다. 어쩜 단 한 번에 이런 멋진 모습을 허락할 수가. 특별히 착한 일 한 것도 없는데 행운도 이런 행운이 없었다. 남편은 얼굴 가득 경이로움을 품고 정말 천지 분간 못 하고 천지 주변을 뛰어다니며 사진을 찍고 감탄하기 바빴다. 긴 줄을 서 천지 표지석과 37호 경계비에서 함께 사진을 찍었다. 경계비 뒤쪽은 북한 지역이며 조선이라고 쓰여 있었다. 자그마한 비 하나의 의미와 위력이 실로 어마어마했다.

다음 날은 북파로 오르는 날이다. 날이 어제보다는 흐렸지만 비는 오지 않았다. 북파로 가는 길은 더 지루하고 번잡했다. 버스와 봉고차를 서파보다 더 여러 번 갈아탔다. 차로 거의 정상 아래까지 갈 수 있어 사람들이 서파보다 열 배는 더 많다고 하더니 역시 기다리는 줄이 길어도 너무 길었다. 지루한 기다림 끝에 올라탄 봉고차는 급커브 길을 빠른 속도로 거칠게 돌며 곡예 운전을 아무렇지 않게 했다. 목숨을 반쯤 내놓는 위험을 감수해야 했다.

　잔뜩 긴장한 채 도착해 보니 벌써 사람들 행렬이 빈틈없이 빼곡했다. 서파와는 달리 몹시 추웠다. 코를 내어놓으면 코를 베어 가고, 귀를 내어놓으면 귀를 베어 간다는 백두산의 칼바람이 무척이나 날카롭게 얇은 옷을 파고들었다. 서파에서 워낙 환상적인 천지를 봤기에, 북파에서 보는 천지는 사실 덤이라고 생각했다. 하지만 막상 올라보니 다시 한번 주체할 수 없는 감격이 밀려들었다. 결코 서파에 뒤지지 않는 천지가 그 신비스러운 모습을 드러냈다. 남편은 여기서도 한 번 더 천지 분간 못 하고 감격해 뛰어다녔다. 어쩜 이렇게 운이 좋을 수 있냐고, 어떻게 한 번도 아니고 두 번씩이나 선명하고 멋진 천지의 모습을 볼 수 있냐며, 같은 듯 다른 천지의 모습을 찍고 또 찍었다.

　이렇게 우리의 백두산 여행은 두고두고 흥분하며 감격스러워 할 멋진 추억으로 새겨졌다. 다녀온 후 며칠은 만나는 사람마다 천지의 감동을 전하느라 바빴다. 왜 안 그렇겠나. 한반도에서 가장 높은 2,744m의 백두산을 올라, 한 번도 아닌 두 번씩이나 사진같이 선명한 천지를 마주했으니, 남편은 바로 새로운 소원 하나가 생겼다고 한다.

조만간 남파와 동파로도 백두산 천지를 오르는 것, 남파는 하루 인원을 제한하기는 하나 아주 불가능한 건 아니고, 동파의 경우 북한으로 오르는 코스라 당장은 불가능하다. 언제쯤 소원이 이뤄질지는 모르지만, 바라고 원하면 언젠가는 이뤄지리라 믿는다. 우리는 자랑스럽게 명산 100에 68번째 산으로 백두산을 추가했다. 명산 100 중간쯤에 가장 높은 봉우리로 민족의 산 백두산이 우뚝 서게 되었다.

이번 여행에서 또 하나, 빼놓을 수 없는 건 바로 송이를 실컷 먹은 거다. 연변에 송이가 많이 나는 줄 처음 알았는데 때마침 송이 철이라고 했다. 적당한 크기에 가격도 저렴하고 향과 풍미도 뛰어났다. 살살 흙을 털어 낸 후, 손으로 가늘게 찢어 고량주와 함께 먹는 맛이라니. 생으로도 먹고 살짝 구워도 먹고 술에 넣어서도 먹었다. 양이 많아, 먹어도 먹어도 줄지 않았다. 언제 이런 자연산 송이를 물리도록 먹어 본 적이 있던가. 앞으로 송이 철이면 향긋한 송이 향과 함께 두고두고 흡족하게 떠오를 추억이 아닐 수 없다.

코로나 끝나고 처음 하는 해외여행이었다. 처음엔 살짝 긴장했는데 역시 여행은 더없이 즐겁고 신선한 자극을 주었다. 한 번도 아닌 두 번씩이나 천지를 보며 무탈하게 잘 다녀오고 나니, 그동안 잠자고 있던 여행 본능이 서서히 깨어나는 듯했다. 드디어 두근두근 여행의 문이 활짝 열리고, 이제 맘 놓고 누비고 다닐 일만 남았다는 생각에 벌써 비행기를 탄 듯 기분이 날아올랐다.

『여행의 이유』에서 김영하 작가는 말한다. 모든 인간은 살아가면서 가끔은 맛보지 않으면 안 되는 반복적인 경험이 있는데, 약발이 떨어지기 전에 그런 경험을 복용해야 다시 그럭저럭 살아갈 수가 있다고. 내게도 약발이 떨어지기 전 복용해야 그럭저럭 살아갈 수 있는 경험이란, 바로 언제든 어디든 자유롭게 떠나고 돌아오는 여행이다.

마침내 본격적인 여행의 시작이다.

역시 가왕은 위대하다

얼마 전 우연히 본 짧은 기사 하나에 며칠 기분이 좋았다. 우리나라 대중음악 평론가 39명이 참여한 '우리 시대 최고 가수' 투표에서 위대한 가왕 조용필이 압도적인 1위에 선정되었다는 기사다. 특별히 놀랄 것도, 이상할 것도 없이 당연한 결과라고 생각하지만 그래도 역시 그 위력을 다시 한번 실감했다. 한 평론가는 "한국이 보이저호를 쏘면서 단 한 곡만 실어야 한다면 조용필의 노래 중에서 골라야 한다."라며 찬사를 아끼지 않았다. 이 또한 마땅히 그러해야 한다고 격하게 공감한다.

조용필의 노래를 처음 들은 건 초등학교도 들어가기 전이다. '기도하는~~'으로 시작하는 〈비련〉의 다음 가사가 '캬아악'인 줄 알 정도로 자지러지게 함성을 지르고, 〈단발머리〉를 들으며 긴 머리를 싹둑 자르기도 했다. 그 작은 체구에서 어떻게 그리 지칠 줄 모르고 강렬한 고음과 힘 있는 목소리가 쏟아져 나오는지, 그때부터 내 가슴에 조용필이 영원한 가왕으로 자리 잡기 시작했고, 무려 50년이 되었다. 그 오랜 시간 나훈아나 임영웅 같은 매력적인 가수에게 잠시 마음을 사로잡히는 때도 있었지만, 금세 나는 조용필에게로 돌아왔다. 마치 잠시 불빛 찬란한 객지를 헤매다 아늑한 고향 집으로 돌아오는 것처럼.

지난 5월, 모든 가수의 꿈의 무대인 잠실종합운동장에서 '조용필과 위대한 탄생'의 콘서트가 있었다. 30년 지기 친구 두 명과 어렵사리 표를 구해 다녀왔다. 데뷔 50주년 기념 전국 콘서트 이후 5년 만에 다시 열린 대규모 야외 콘서트다. 흥분과 설렘을 숨기지 못하는 수많은 사람 행렬이 그의 건재함을 증명했다. 나이는 정말 숫자에 불과하다는 말이 조용필만큼 딱 들어맞는 사람이 있을까. 그의 나이 올해 73세다. 하지만 그의 목소리는 수만 명을 매료시킬 만큼 박력 있고 매력 넘쳤다. 콘서트장을 들었다 놨다 하며 휘몰아치는 강렬한 사운드는 물론, 노래에 맞춰 마치 영화처럼 상영되는 화려하고 다양한 영상들에 발을 구르며 열광하지 않을 수 없었다. 게다가 형형색색 반짝이는 응원봉은 또 얼마나 낭만적인지, 마치 밤하늘의 수많은 별이 일제히 노래에 맞춰 경쾌하게 춤을 추는 것만 같았다.

"전 멘트 같은 것 별로 없습니다. 그냥 즐기세요. 전 노래하겠습니다."라는 조용필의 겸손한 말대로 이런저런 긴 이야기도 없고 그 흔한 초대 손님 한 명 없었다. 처음부터 끝까지 진심으로 열창하는 그만 있을 뿐이었다. 조금도 변함없는 그의 열정과 집념, 도대체 그를 스쳐 간 그동안의 수많은 시간은 모두 어디로 갔을까 싶었다. 쉼 없이 이어지는 음악들은 여러 장르가 적절하게 섞여 봄밤을 흥분으로 가득 채웠다. 워낙 노래가 많으니 스무 곡 넘게 고르는 것도 일이었지 싶었다.

우리 뒷자리에는 우리 또래의 남성이 앉았는데 어쩜 그리 모르는 노래 없이 잘 따라 부르는지, 새로 나온 신곡도 모두 알고 있었다. '저 정도 돼야 팬이지. 옛날 노래 몇 곡 따라 부르는 게 무슨 팬이야.' 하는 생각에, 그 옛날 그 시절로 돌아가 더 목이 찢어져라 '오빠'를 외치고, 더 팔이 부러져라 '응원봉'을 흔들었다. 수많은 팬과 함께 멋진 미지의 세계로 떠나는 환상적인 가왕과의 만남이었다. 돌아오는 길, 벌써 60주년 콘서트의 기대가 솔솔 부풀어 올랐다.

조용필의 노래 중 가장 좋아하는 한 곡만 들을 수 있다면, 난 오랜 고민 없이 〈바람의 노래〉를 듣겠다. 멜로디도 좋지만, 마음을 어루만지는 듯한 가사에 흠뻑 빠진다. 삶을 살아가는 방법은 결국 사랑하는 거라고, 실패와 고뇌의 시간이 오더라도 우리는 세상의 모든 걸 사랑해야 한다고, 오래 살아 본 사람이 비로소 깨달은 지혜를 가만가만 일러 주는 듯하다. 두꺼운 책으로 담기도 어려운 삶의 철학을 노래 한 곡으로 어쩜 이리 간결하고 뭉클하게 전하는지, 역시 가왕의 명곡이 아닐 수 없다. 세상이 내 맘 같지 않아 속상할 때 10번 연속 듣기를 하고 나면 저절로 순하게 풀어지면서 사랑이 충전되는 마법의 노래다. 내게는.

〈그 겨울의 찻집〉도 내게 특별한 노래다. 몇 년 전 다섯 달 동안 드럼을 배운 적이 있다. 워낙 음감도 리듬감도 없어 좀 나아지려나 하고 다녔으나, 역시나 음도 리듬도 감을 잡지 못하고 그만두고 말았다. 그때 완벽하게 익힌 유일한 곡이 〈그 겨울의 찻집〉이다. 일단 드럼으로 치기가 쉽다는 이유도 있겠지만, 리듬감 없는 내가 처음부터 끝까지 잘 칠 수 있다는 건 실로 엄청난 일이었다. 내가 연습방에서 치고 있을 때 밖에서 듣던 연습생이 "누가 저리 잘 치는 거냐."고 놀라 물어봤다는 말은 두고두고 나를 기분 좋게 했다. 마치 그 겨울의 찻집에서 우연히 가왕을 마주친 기분이라고나 할까.

교사가 된 작은 아들의 학교에 처음 갔을 때, 내가 좋아할 만한 곳이 있다며 아들은 아담한 소나무가 있는 정원으로 나를 데려갔다. 그 나무가 바로 조용필의 팬클럽인 '미지의 세계'가 심은 조용필 꿈나무였다. 아하, 그렇구나! 순간 부끄러웠다. 열렬한 팬이라면서 경동고등학교를 다닌 줄도 이제야 알다니, 사실 아들이 경동고등학교에 발령받았다고 했을 때 경동 보일러를 생각하며 그 이름을 기억했었다. 그 후 나에게 경동고등학교는 '위대한 가왕이 다닌 학교'가 되어 버렸다. 누가 작은아들 어느 학교에 발령받았냐고 물으면 자연스레 대답한다. "응, 경동고등학교. 위대한 가왕이 다닌 학교, 알지?"라고. 우리 아이가 이 학교로 발령받은 게 결코 우연이 아니라고 혼자 우기며, 나의 팬심이 보이지 않게 통했다고 말도 안 되는 헛소리를 하기도 했다.

조용필이 위대한 건 처음부터 지금까지 한결같이 새롭고 앞서가는 신곡을 발표하고, 다양한 장르를 넘나들며 도전과 시도를 멈추지 않기 때문이라고 생각한다. 또한 늘 시대에 발맞춰 변화를 추구하며 가왕의 자리에 안주하지 않고 지금도 성장 발전하는 현역 가수라는 점이다. 그저 노래가 좋아서, 노래하다 보니 어느새 55년이 넘어 버렸다는 그는, 늘 노래하는 우리 시대 최고의 가수다. 그의 노래가 언제까지나 고단한 삶을 위로하고 지친 마음을 쉬게 하는 따스한 노래, 모두에게 선한 영향을 끼치는 인생 노래가 되길 진심으로 바란다.

반세기를 뛰어넘는 그의 위대한 노래 인생에 더할 수 없이
심심한 경의를 표하며, 60주년 콘서트에서도 변함없이 멋진, 그
시절 그 오빠로 만나길 기대한다.

내 안에 재능 있다

나에게는 어떤 재능이 있을까? 곰곰 생각해 본다. 어릴 적부터 두각을 나타내 칭찬을 받거나 인정을 받은 기억이 없다. 특별히 재미있고 하면 할수록 또 하고 싶은 것도 없다. 다른 사람이 잘못해서 쩔쩔매는 일을 뚝딱 해치워 부러움을 샀던 적도 없다. 뭔가를 간절히 하고 싶다고 원하고 소망하며 꿈으로 간직하는 것도 없다. 아니, 어쩌다 나는 여태 눈곱만 한 재능 하나 발견 못 한 채 오십 대의 강을 건너고 있는가. 하도 기가 막히고 어이가 없어 재능이라는 말의 정확한 의미가 무엇인지 새삼 궁금해졌다. 사전을 검색해 보니 '재능이란 어떤 일을 하는 데 필요한 재주와 능력, 개인이 타고난 능력과 훈련을 통해 획득된 능력을 아울러 이른다.'라고 되어 있다.

'어떤 일을 하는 데 필요한 재주와 능력'이라. 그래도 지금껏 직장 생활을 30년이나 했고, 그간 내가 맡은 일이 얼만데, 재주와 능력이 하나도 없지는 않았을 테지만 특별히 내세울 건 못

된다. '개인이 타고난 능력과 훈련을 통해 획득된 능력'은 글쎄. 자신 있게 없다고 해야겠다. 아니, 타고난 능력은 아직 발견하지 못했다는 게 더 맞는 말일 테다. 훈련을 통해 획득한 능력은 없다. 왜냐하면 끈기 있게 훈련을 지속한 적이 지금껏 한 번도 없기 때문이다. 늘 살짝 발만 담가 보고, '음, 이건 나랑 맞지 않네~.' 하면서 냉큼 돌아서 다른 걸 기웃거리곤 했으니까. 이제와 생각하면 아쉽기도 하고 한심하기도 하다. '직장 다닐 동안만이라도 뭐 하나 꾸준히 해 왔으면 얼마나 좋았을까.' 하는 아쉬움에 발을 동동 구르고 싶은 심정이다.

싫든 좋든 아니 억지로든 삼십 년 동안 하다 보면 익숙해지고 잘하지 않았을까? 어쩌면 그 분야 전문가 수준에 도달해 훈련을 통해 획득한 명실상부한 재능 하나 가진 멋진 여자가 될 수도 있었을 텐데 말이다. 하지만 나는 늘 뭔가를 습득하면서 이겨 내고 참아 내야만 하는 그 고비를 넘지 못했다. 매번 문 앞에서 쉽게 좌절하고 포기하며 횡하니 돌아서고 말았으니 이제와 새삼 억울해할 자격도 없다.

어제 옛 직장 동료 D를 만났다. 그녀는 플롯을 십 년 넘게 연주하고 있었다. 그동안 전문가 레슨을 멈춘 적이 없으며 연말 공연 준비로 바쁘다고 일상을 전했다. 이제 십 년 정도 지나니 어느 정도 소리가 나기 시작했다는 말과 함께. 나는 물었다. 음악에 재능이 있었느냐고. 그녀는 전혀 아니라고, 지금도 박자를 잘 못 맞춰 지적을 받는다며 음감은 타고나는 재능인가 보라고 쓸쓸히 말했다. 그러면 어떻게 그리 오래 지치지 않고 해 올 수 있었을까. 그녀는 노래를 너무 못해 잘하고 싶어 악기를 시작했단다. 악기를 연주하다 보면 음정이나 박자를 익혀 노래도 잘하지 않을까 하는 마음으로. 하지만 노래 실력은 여전히 부끄러운 수준이고 반면 연주 자체를 제법 좋아하고 즐기게 됐다며 평생 함께할 친구가 되었다고 겸손하게 말했다. 하지만 그녀의 자신감 넘치는 환한 표정에는 오랜 노력과 훈련을 통해 비로소 얻은 '재능'이라는 두 글자가 깊이 새겨져 있음이 한눈에 보였다.

동기가 뭐가 됐든 꾸준히 하다 보면 잘하게 되고, 잘하다 보면 즐기게 되고, 즐기다 보면 재능이 되는 게 아닐까? 노래를 좀 못하면 어떤가? 내가 부르고 싶은 노래를 목소리 대신 악기로 멋지게 연주한다면 그 얼마나 근사한 일인가. 나도 노래 잘하는 사람이 제일 부러운 사람 중 한 명이지만, 악기를 배우면서까지 잘 불러 보려는 간절함이나 절실함은 없었다. 늘 노력은 하지 않은 채 재능 없음만 원망하며 저주했다. 결핍만큼 새로운 재능을 만드는 좋은 동력도 없을 텐데. 그 많은 결핍 부자로 살아 온 내가 그 중 어느 하나라도 잡고 죽어라 애써 왔다면 지금쯤 뭐가 돼도 되지 않았을까? 뭐든 노력은 하지 않고 가만히 앉아 재능 타령만 하는, 남다른 재능만 차곡차곡 평생 쌓아 온 셈이다. 난.

악기 하나 연주할 줄 모르는 내가 한없이 초라해 터덜터덜 돌아오는 길, 문득 '나도 아예 재능이 없지는 않잖아~.' 하는 배짱이 슬그머니 고개를 들었다. 재능의 종류는 다양하지 않은 가. 꼭 음악이나 미술, 스포츠 같은 문화, 예술, 체육 분야 재능만 재능이 아니지 않은가. 내게는 자주 행복을 느끼는 재능이 있지 않은가. 이 또한 오랫동안 내 마음 수련을 통해 얻은 것이니 재능이라고 해도 무방할 터이다. 하루 중 재미있는 시간을 길게 가지는 사람이 행복한 사람이라지 않은가. 별거 아닌 순간에도 '아, 참 좋다~.' 하면서 행복을 느끼는 능력, 이 능력이야말로 날마다 행복하게 사는 비결이 아닐까.

아침에 향기로운 커피를 내릴 때, 침대 위의 이불을 각 맞춰 개고 바닥의 먼지를 깨끗이 닦아 냈을 때, 산책길에 공기가 더없이 청량할 때, 내가 차린 음식을 남편과 아들이 싹싹 비울 때, 마음에 쏙 드는 문장을 발견했을 때 등등 무수히 많은 순간, 환하게 나만의 행복에 흠뻑 젖는다.

'행복이 뭐 별건가. 이게 행복이지.' 하면서 소소하게 반짝이는 순간을 놓치지 않고 풍성하게 누리며 행복을 느끼는 재능, 이 대단한 재능이 이미 내게 있었단 말이다. 누구나 찾아보면 놀랍고 기분 좋은 재능 하나쯤은 가지고 있을 것이다. 꼭 거창하고 특별한 재능만 재능이 아니니까.

남을 따뜻하게 배려하는 재능, 사람과 세상에 두려움 없이 자연스럽게 스며드는 재능, 타인의 불행을 제 일처럼 깊이 아파하는 재능, 누군가를 가만가만 위로할 줄 아는 재능 등등. 너무나 멋진 재능들이 이미 우리 안에 있다. 재능 없음을 탓하거나 실망하지 말고 내 안에 잠자고 있는 재능을 금맥을 캐내듯 하나하나 새로운 눈으로 발굴하는 재능을 발휘해 보면 어떨까.

세상에 재능 없는 사람은 없다고 감히 말하고 싶다.

깊은산속 옹달샘을 아시나요?

혼자 1박 2일로 여행을 떠나는 게 얼마만인가. 새삼스럽고 살짝 긴장됐다. 차분하게 몸도 마음도 푹 쉬고 싶단 생각에 집에서 가까운 '깊은산속 옹달샘'으로 향했다. 『꿈 너머 꿈』으로 유명한 고도원의 아침 편지 문화 재단에서 설립한 곳이다. 무엇보다 혼자서도 운전이 가능한 곳이라 딱 좋았다. 이런저런 잡념의 스위치를 모두 내리고 공기 좋은 곳에서 건강식 먹으며 천천히 가을 속을 거닐어 보자는 마음만 듬뿍 충전해 떠나는 여행이다.

'깊은산속 옹달샘'은 예전에 직장 교육으로 동료들과 명상 프로그램을 체험하며 숙박한 적이 있었다. 하지만 그사이 알록달록 예쁜 건물들이 많이 늘어나고 명상 프로그램도 흥미롭고 다양해졌다. 특히 깊은 산속 걷기 명상길이 여러 갈래 늘어난 점이 눈에 띄었다. 용서의 길, 화해의 길, 사랑의 길, 감사의 길이라니, 이름만으로도 벌써 마음이 넉넉해졌다. 깊은 산속이라 그런지 공기도 더없이 맑고 툭툭 잎을 떨구고 서 있는 나무들이

늦가을 정취를 한층 돋웠다. 명상의 집에서 운영하는 프로그램에 참여하지 않고 그냥 나무 밑에 조용히 앉아만 있어도 저절로 명상이 될 것만 같았다.

정갈하고 아늑한 온돌방에 짐을 풀었다. 군더더기 하나 없이 꼭 있어야 할 것들만 꼭 있어야 할 자리에 얌전하게 놓여 있었다. 여기는 모든 게 명상의 도구인 듯 마음가짐이 단정하고 반듯해졌다. 저녁때까지는 한참 시간이 남았기에 안내 지도를 들고 걷기 명상에 나섰다. 먼저 용서의 길로 접어들었다. 마른 낙엽이 쌓인 푹신한 길을 따라가니 '용서의 다리'라는 작은 다리가 나왔다. 천천히 꼭꼭 눌러 건너자니 금세 용서가 자리 잡은 듯 마음이 한없이 너그러워졌다. 다리를 건넌다는 행위에서 느껴지는 상징적인 의미가 적지 않았다. '마음속에도 용서의 다리 하나쯤 들여놓고 산다면 어떨까. 마음이 좀 가볍지 않을까.' 하는 생각이 들었다.

다음은 화해의 길과 사랑의 길이다. 사람들 하나 없는 숲속을 혼자 걷자니 내 발소리에 내가 놀라기도 하고 약간 무섭기도 했다. 그래도 화해와 사랑이라는 단어를 든든한 지팡이 삼아 꼭 붙잡고 걷고 또 걸었다. 이 길이 진정 화해와 사랑으로 가는 길이거니 생각하면서. 네 갈래 걷기 명상길 중 가장 긴 길은 역시 감사의 길이었다. 누구나 감사할 게 제일 많아서겠지. 저녁 시간에 맞추느라 걷지는 못하고 감사한 마음만 새기고 돌아왔다.

걷기 명상을 해서인지 밥맛이 꿀맛이었다. 소박하고 단출하지만, 워낙 직접 키운 신선한 재료로 만든 건강식이라 마치 몸에 좋은 보약 같았다. 먹는 중간에 땡! 하고 '잠깐 멈춤' 종소리가 울리면 숟가락을 든 채 혹은 입을 벌린 채 그대로 멈춰야 한다. 지금 순간의 나를 있는 그대로 알아차리는 명상이다.

딸이 어머니를 모시고 왔는지 다정해 보이는 두 명이 옆 테이블에 함께했다. 문득 이런 생각이 들었다. '지금 저 두 사람 중 누가 더 행복할까?', '이렇게 좋은 곳을 데리고 오는 '딸이 있는 엄마'가 더 행복할까?', '아니면 이렇게 모시고 올 수 있는 '엄마가 있는 딸'이 더 행복할까?' 물론 바보 같은 생각으로 둘 다 행복하겠지만, 아무리 좋은 데라도 모시고 올 수 있는 엄마가 없는 나로서는 딸이 훨씬 더 행복해 보였다. 저 딸은 알까? 지금 가장 축복의 시간을 통과하고 있다는 것을, 그리고 누군가 자기를 몹시 부러워하며 슬픔을 삼키고 있다는 것을. 괜히 울적해지려는 순간 땡! 하고 '잠깐 멈춤' 종이 울렸다. '이런저런 생각을 멈추고 오직 음식을 먹고 있는 지금 순간에만 집중하시오!' 하면서.

예전과 달리 스파와 찜질방이 있다는 사실에 깜짝 놀랐다. 아담한 크기의 스파도 냉탕과 온탕을 오가며 '지금 순간'에 온전히 집중하는 명상을 위한 시설이란다. 그래도 그렇지. 깊은 산속에서 하는 스파 명상이라니. 저녁 명상 프로그램에 참여한 뒤 개운하게 스파 명상을 하고 꿈 너머 꿈 도서관으로 향했다. 미처 정리하지 못한 기증받은 도서가 상당했다. 따스한 불빛에 잔잔한 음악, 은은한 책 향기까지. 창 너머로 별을 보며 늦은 밤까지 책 속에 빠지기 딱 좋은 근사한 공간이었다. 정말 한 며칠 더 묵으며 이곳저곳 충분히 여유 있게 누리고 싶다는 마음이 굴뚝같았다. 도서관 아래로는 맨발 걷기 길이 아기자기 펼쳐졌다. 하늘과 숲을 바라보며 천천히 걷기 좋은 길이었다. 발길을 어디로 돌리든 자연과 부드럽게 조화를 이루는 풍경은 누군가 멋지게 그려 놓은 그림이 따로 없었다.

오랜만에 다시 찾은 '깊은산속 옹달샘'은 놀라울 정도로 달라져 있었고 점점 좋아지고 있었다. 아무리 지치고 힘든 사람이라도 며칠 묵으면 거뜬히 기운을 차릴 정도로 힘차고 맑은 기운이 샘물처럼 퐁퐁 솟아나는 곳이었다. 각종 프로그램에 참여해도 좋고 하지 않아도 좋고, 모든 게 자유다. 하지만 누구나 체험 하나씩은 하게 된다. 그곳에서 보고 듣고 느끼는 모든 게 저절로 명상이 되고, 오롯이 자신에게로 한 걸음 한 걸음 자꾸 걸어 들어가게 되는, 그런 신비한 체험 말이다.

예전부터 꿈 너머 꿈이라는 말을 참 좋아했다. "꿈 너머 꿈이란 꿈을 갖되, 그 꿈을 이룬 다음에 무엇을 할 것인가를 한 번 더 생각하는 비전."이라는 고도원 선생님의 말씀이 오래 가슴에 남았다. 예를 들자면 선생님이 되기를 꿈꾸는 사람이라면 선생님이 된 다음에 무엇을 하겠다는, 바로 그 '무엇'이 있어야 한다는 말이다. 내가 꿈꾸던 시간 부자인 백수의 꿈을 이뤘다면 이제는 그 넉넉한 시간에 무엇을 할 것인지에 대한, 그 무엇을 꿈으로 간직하고 그 꿈을 향해 나아가야 한다는 것이다.

나는 과연 어떤 꿈 너머 꿈을 간직하고 있는가. 생각 스위치를 모두 끄려고 왔는데, 이상하게 꿈 스위치가 하나둘 켜지면서 빨갛게 불이 깜빡인다. 진지하게 나를 돌아보며 꿈 너머 꿈에 대해 차분하게 명상에 빠져들 수 있는 곳, 건강한 먹거리와 조용조용 흐르는 시간이 나를 살찌우며 응원하는 곳, 들숨과 날

숨이 그대로 깊은 명상이 되는 이곳에서 며칠 더 묵는다면 꿈 너머 꿈에 대한 답을 구할 수 있을까. 하지만 나의 일정은 1박 2일. 수많은 물음표를 안고 집으로 향했다.

인생은 때로 아주 작은 것으로

역시 카페는 단골 카페가 최고다. 며칠 만에 왔는데도 달라진 거 하나 없이 그대로의 모습으로 반겨 준다. 다행히 내 자리가 비었다. 차들이 지나가는 실루엣이 어렴풋이 보이고 음악 소리가 적당한 음량으로 들려오는, 내가 좋아하는 사이드 자리다. 의자 깊숙이 몸을 묻으니 두 팔로 꼭 감싸 안아 주는 듯 온기가 느껴진다.

아무 생각 없이 익숙함이 주는 편안함과 아늑함에 푹 빠져 본다. 환경으로만 보자면 내 방도 카페 못지않지만, 카페만이 줄 수 있는 이점이 있다. 편하지만 집만큼 편하지는 않고 그렇다고 불편하지도 않으면서 생활과는 먼 공간만이 줄 수 있는 그런 느낌 말이다. 어차피 집은 생활 공간이다 보니 몸과 마음이 완전히 생활과 분리되기란 불가능한 게 당연하다.

가까운 거리에 단골 카페가 있다는 게 얼마나 큰 행운인지 모른다. 언제든 노트북과 책 한 권 주섬주섬 챙겨 현관만 나서면 어서 오라고 격하게 반겨 준다. 계절별로 출시되는 신메뉴를 먹어 보는 즐거움도 크다. 올여름엔 항상 홍시 주스를 마셨다. 시원하게 얼린 홍시에 얼음만 넣어 갈아 만든 홍시 주스는 푹푹 찌는 더위를 한 방에 날리기에 충분했다. 그리 달지도 않으면서 입안에 착착 감기는 맛은 어린 시절 꽁꽁 언 홍시를 따 먹던 추억까지 솔솔 불러왔다.

지금은 모두 없어졌지만 어릴 적 우리 집에는 과일나무가 많았다. 대문을 들어가면서 왼쪽으로 나란히 대추나무와 감나무가 있었고 우물 옆에는 배나무, 뒤란으로 통하는 길목에는 살구나무와 복숭아나무가 있었다. 특별히 관리하는 사람 하나 없었는데도 때가 되면 튼실한 열매를 주렁주렁 매단 채 힘겨운 어깨를 추스르며 서 있었다.

대추나무와 감나무는 누가 더 풍성하게 열매 맺나 경쟁이라도 하듯, 날로 더 많이 꽃을 피우고 열매를 통통하게 살찌웠다. 감나무는 단감이 아니어서 홍시가 될 때까지 기다리다 보면 갑자기 몰려온 추위에 바짝 얼기 일쑤였는데, 기다란 감 조리로 따서 하루 정도 두면 먹기 좋게 녹았다. 군침을 삼키며 기다렸다가 작은 숟갈로 한입씩 떠먹는 맛은 이루 말할 수 없었다. 시골에서는 좀처럼 맛볼 수 없었던 아이스크림 맛이랄까.

그때 그 잊을 수 없는 강렬한 맛의 추억이 내 혀 어딘가에 새겨져 있었던지, 홍시 주스를 보는 순간 그 맛이 떠올라 침이 고였다. 완전히 같은 맛은 아니었지만, 그런대로 추억의 맛이 입안 가득 퍼졌다. 날마다 폭발적인 더위가 예상된다는 일기예보도 별로 신경 쓰이지 않았다. 단골 카페에서 시원한 홍시 주스 한 잔 마시면 더위쯤은 거뜬히 떨칠 수 있을 테니까. 덤으로 기분까지 상큼하고 달달해지면서 말이다. 나만의 여름나기 비법이었다. 올여름 건강하고 무탈하게 보낼 수 있었던 것은 어느 정도 홍시 주스 덕분이다. 고마워 홍시 주스, 내년 여름도 부탁해!

이제 가을 음료다. 오늘 처음 맛본 애플 루이보스티도 상큼하고 좋다. 사과의 달콤한 향과 맛이 은은하게 풀어지면서 기분을 말랑거리게 만든다. 가격도 과하지 않고 열량조차 낮아 걱정이 없다. 올가을을 책임질 나만의 음료로 거뜬히 합격이다. 나는 한 번 마음에 들면 쭉 미는 스타일이다. 새 옷을 사면 최소한 달 이상은 그 옷만 입고 외출하는, 그런 의리파라고나 할까. 음료도 마찬가지다. 계절별로 나의 음료를 한 번 정하면 그 계절이 끝날 때까지 그 음료만 마신다. 이것저것 고민하며 선택하는 게 성가셔서 그럴 수도 있지만 한 번 좋으면 웬만해서 변하지 않는 나의 성향 때문이다. 이는 스스로 지조 있고 의리 있는 참 괜찮은 여자라고 생각하는 빈약한 근거이기도 하다. 누군가 들으면 분명 코웃음을 칠 테지만.

무더운 여름을 나고 쓸쓸한 가을을 무사히 통과하는 데는 그리 거창하거나 큰 것이 필요치 않을지도 모른다. 그저 단골 카페의 계절 신메뉴 같은 소소하고 자잘한 즐거움을 발견하고 맘껏 즐기는 소박함만 있다면 충분하지 않을까 싶다. 날마다 특별하고 놀라운 일은 있지도 않고 있을 수도 없다. 왜냐하면 세상 어떤 일도 날마다 일어난다면 더는 놀라거나 특별하다고 생각하는 사람은 없을 테니까.

심심하고 단조로운 일상 중 아주 짧은 순간만이라도 발랄하고 유쾌하게 기분을 전환할 수 있는 나만의 즐거움 하나 있다면 그래도 살 만하지 않을까? 인생은 때로 아주 작은 것으로 무너지기도 하지만 또 툭툭 털고 일어나 다시 걸어가게도 하니까.

미술관 나들이

옷차림이 다르니 덩달아 기분도 달라진다. 최근 주로 명산 100을 위해 후줄근한 등산복 차림으로 집을 나섰다면 오늘은 미술관을 가기로 한 날이라 한껏 멋을 부렸다. 등산화 대신 구두를 신고 배낭 대신 오랜만에 핸드백을 메고, 스카프 한 자락 길게 늘어뜨리는 것도 잊지 않았다. 오늘 갈 곳은 집에서 두 시간이 채 걸리지 않는 영월의 '젊은달 와이파크'다. 좋다고 언제 한번 꼭 가 보라는 친구의 추천도 있었고, SNS에 떠다니는 멋진 사진들을 눈여겨봐 왔던 터라 적잖은 기대감으로 마음이 부풀었다.

달리는 차 안에서 보는 풍경에는 벌써 가을이 눈에 띄게 묻어 있었다. 나뭇잎들의 색이 군데군데 노랗고 빨갛게 물들기 시작했고 공기 또한 가을을 듬뿍 머금은 채 부드럽게 날아올랐다. 살랑거리는 바람에 기분 좋은 미소가 절로 지어졌다. '어서 와! 가을.' 하고 두 팔 벌려 반갑게 인사하며 가을 속으로 신나게 달렸다. 아이유의 〈가을 아침〉이 더없이 상큼하게 나들이 분위기를 돋웠다.

미술관은 입구부터 강렬한 붉은색 조형물로 시선을 압도했다. 붉은 파이프로 대나무를 세워 놓은 듯 설치한 거대한 조형물은 미술관의 상징물로 보였다. 오랜만에 보는 기발하고 아름다운 예술 작품에 박하사탕을 먹은 듯 기분이 화해졌다. 산에 올라 기암절벽과 희귀한 나무 같은 자연을 보는 거랑은 다른 감동이 밀려왔다. 작가가 의미를 담아 미적 감각으로 창조해 낸 작품만이 전하는 뭔가가 느껴졌다. 아마 새롭고 아름다운 것에서 느껴지는 충만함 같은, 그런 것일 테다.

그동안 순수한 자연이 주는 편안함과 안정감에 젖어 있었다면 오늘은 사람이 창조해 낸 신비로움과 아름다움에 흠뻑 취했다고나 할까. 보는 내내 감탄이 절로 나왔다. 열한 개의 전시실에 있는 작품 모두가 충분히 내 눈길과 마음을 사로잡을 만큼 훌륭했다.

특히 수많은 나무토막으로 하늘 높이 쌓아 만든 목성이 좋았다. 중앙에 동그란 구멍을 만들어 빛이 환하게 쏟아져 들어와 나무의 부드러운 질감과 너무나 잘 어울렸다. 정말 나무로 만든 어느 낯선 별에 들어와 있는 듯한 신비로운 느낌이었다. 어떻게 이런 조형물을 처음 생각해 냈을까. 문득 호기심이 생겼다.

뭔가 새로운 것을 창조해 내는 데에는 분명 태동의 순간이 있게 마련일 터, 이 목성이라는 조형물을 만들겠다고 처음 생각한 그 순간은 언제였는지, 그 순간 어떤 생각을 했는지, 왜 그런 생각을 했는지 등등 작가를 붙들고 귀찮아할 때까지 묻고 또 물어보고 싶었다.

작가의 머릿속에서 예술 작품이 처음 잉태되는 그 순간이 언제이며 어떤 계기였나를 궁금해하고, 추측하고 상상하며 마음대로 이야기를 만들어 보는 게 예술 작품을 감상하는 나만의 스타일이다.

아마도 나무로 만든 목성의 작가는 태양계의 행성 중 가장 부피가 크고 무거운 천체인 목성의 한자 표기 중 '나무 목' 자에 주목했을 것이다. '실제로는 닿을 수 없는 행성을, 이름 그대로 나무로 거대하게 만들어 마치 목성이라는 행성에 들어온 듯한 느낌을 주면 어떨까.' 하고 생각했을지도 모른다.

가운데는 어둠과 빛이 번갈아 비추고, 햇살과 바람과 새들이 맘껏 들어오고 나갈 수 있는 하늘과 연결되는 높고 둥근 통로를 만들어 '마치 먼 우주의 별처럼 포근하면서도 신비스러운 느낌이 들도록 해 봐야지.' 하고 생각했을 수도 있겠다. 이렇게 내 마음대로 상상의 나래를 목성에 닿을 만큼 무궁무진하게 펼치면서 요모조모 세심하게 살핀다. 나만의 은밀한 기쁨이고 상상력의 자극이다.

산에 올라 자연을 볼 때는 감히 신의 의도를 손톱만큼도 가늠하지 못한 채 감탄만 하다 내려오지만, 사람이 만든 예술 작품은 작가의 의도를 들여다보려 이리저리 생각을 굴린다. 정확하게 알 수는 없지만 내 나름대로 짐작하고 추측하는 재미가 쏠쏠하다. 이런 게 예술 작품을 감상하는 맛이 아닐는지. 오랜만에 미술관에 오니 머릿속이 분주하고 소란스럽다. 기분 좋게 흥분되고 충만한 느낌이 출렁인다.

역시 자연과 예술에 대한 체험과 감상에도 균형이 중요하다. '명산 100 도전'으로 산에 `오르는 만큼 예술작품을 볼 수 있는 미술관 나들이도 자주 나서야겠다. 미술관 나들이가 오늘처럼 특별히 좋았다는 것은, 그동안 내가 너무 자연에만 치우쳐 있었다는 증거일 수도 있으니까. 세상 모든 일에 균형만큼 어렵고도 중요한 게 또 있을까?

앞으로 '미술관 투어 100 도전'이나 '박물관 투어 100 도전'은 어떨까. 세상은 넓고 백수가 도전할 만한 재미있고 흥미진진한 일들은 넘쳐난다. 가 보고 싶은 곳이나 해 보고 싶은 목록도 점점 늘어간다. 이러니 백수 주제에 날마다 마음은 급하고 시간은 없을 수밖에. 안 하면 안 되는, 반드시 꼭 해야만 하는, 이를테면 출근 같은 일이 없어서 그렇지, 백수도 이래저래 날마다 과로하게 되어 있다.

내 맘대로 해몽

오랜만에 꿈을 꿨는데 영 개운치가 않다. 전문가 해몽을 찾아보니 좋은 징조라는 것과 위험 신호라는 해석이 반반이었다. 그저 나 믿고 싶은 대로 믿으면 그만인 셈이다. 꿈 내용은 이렇다.

남편과 함께 아주 중요한 사람들이 참석하는 행사에 초대를 받았다. 근데 어린 둘째 아이를 어린이집에 맡겨야 해, 내가 업고 먼저 출발했다. 어린이집은 행사장과 가까워 걸어가면 되는 곳이다. 나는 부랴부랴 아이를 업고 어린이집으로 향했고 도착해서는 잠시 의자에 앉아 기다렸다.

얼마 후 돌봄 선생님께 아이를 넘겨주려는데, 이걸 어째, 업혀 있던 아이가 없었다. 깜짝 놀라 울고불고 난리를 피우며 아이를 찾았으나 이상하게 사람들이 냉정했다. 별로 놀라지도 않고 도와주려는 사람도 없었다. 모두 아무렇지 않게 행사에 참석한다고 빠져나갔다.

나는 CCTV를 확인해 달라고 애걸복걸 울면서 매달렸다. 근데 화면으로 보여 주는 게 아니라 시커멓게 분별도 어려운 종이로 출력해 주는 게 아닌가. 무슨 이유인지 화면으로는 보여 줄 수는 없단다. 사람 목숨이 달린 일인데 어쩜 그리 성의가 없느냐고, 당신 자식이 없어져도 그렇겠냐고 따지며 고함을 질렀다. 그래도 막무가내로 보여 주지 않았다.

그제야 나는 남편에게 연락해야겠다는 생각이 들었다. 그런데 웬걸, 남편에게 건 전화가 번호를 잘못 눌렀는지 시누이에게 연결되었다. 시누이는 울먹거리는 내게 왜 맨날 그렇게 눈물로 사느냐고 내 상황도 모르고 버럭 화부터 냈다. 웃을 일이 없다고, 내 인생이 그렇다고 나는 더 크게 울면서 악을 썼다.

전화를 끊고 나는 다시 남편에게 전화를 걸었다. 오래 신호는 가는데 받지 않았다. 아마 행사가 시작돼 전화를 받을 수 없는 상황이었나 보다. 나는 너무도 절망스러워 털썩 주저앉아 꺽꺽 울다가 잠이 깼다. 얼마나 울었던지 깨고 나니 목이 아프고 목소리가 잘 나오지 않았다.

나는 멍하니 앉아 생생한 꿈속을 다시 한번 머릿속으로 거닐었다. 이상하고 말도 안 되는 내용이었다. 둘째 아이는 벌써 스물여섯 살이고, 백수로 지내는 우리 부부가 그리 중요한 행사에 초대될 리도 만무하다. 또한 내가 누군가에게 그렇게 큰소리로 따지고 고함을 지르며, 사람 많은 곳에 주저앉아 꺽꺽 우는 모습도 너무나 낯설었다. 남편에게 건 전화는 왜 시누이에게 연결되고, 평소 다정한 시누이는 왜 내 말도 듣기 전에 화부터 냈는지 모든 게 뒤죽박죽 엉망이었다.

내 무의식에 언제 무엇이 어떻게 쌓였길래 이런 꿈을 꾼 것일까. 쉽게 털어 내지지 않았다. 무의식중에 나도 모르는 뭔가가 있으니 그런 꿈을 꾸었으리라. 영 찜찜했다.

프로이트 같은 전문가가 아니니 정확하게 분석하지는 못하겠지만 차분히 마음을 들여다보기로 했다. 요즘 내가 주로 하는 생각과 고민, 걱정거리와 최근에 접한 뉴스나 소문들까지 모두 꺼내 꿈의 배경과 내용에 퍼즐처럼 이리저리 맞춰 보기 시작했다.

중요한 행사는 아마 최근 있었던 한미 정상 간의 국빈 만찬 관련 영상이 남아서일 테다. 둘째 아이가 없어진 건 요즘 내가 느끼는 그 아이에 대한 서운함 때문일 확률이 높다. 얼마 전 서울에서 직장을 잡아 경제적으로 완전 독립을 이룬 후로는 안부 전화도 뜸해지고 얼굴 보기도 어려워졌다. '이제 정말 내 품을 떠났구나.' 하는 생각에 서운함과 상실감을 종종 느끼던 차였다. 사람들이 모두 냉정하고 도와주지 않는 것도 곰곰 생각하니 내 마음속 깊이 숨겨진 감정이 있어서일 테다. 조만간 만나자던 두 명의 지인이 한 달째 감감무소식이어서 다소 소외감과 서운함을 느끼고 있던 터였다. 그런 사소한 관계의 틀어짐이나 어긋남으로 인해 혼자 마음 앓이를 하고 있었다.

남편이 전화를 받지 않는 건 남편과도 공유하고 소통할 수 없는 감정들을 품고 있기 때문은 아닐까 생각한다. 늘 함께 있다고 모든 걸 남편과 나눌 수 있는 것도 아니고, 나눈다고 없어지거나 가벼워지는 것도 아니니까. 시누이가 왜 그렇게 사느냐고 한 비난은 글쎄, 시누이와 직접 관련은 없지만 얼마 전 시댁 고추 심는 날, 남편 혼자만 보낸 것이 마음에 걸려 스스로 느끼는 일말의 죄스러운 마음 때문은 아닐는지.

서툴고 미흡하지만, 그래도 전문가 해몽을 찾아보는 것보다는 나를 돌아보고 내면 깊숙이 묻어 두었던 마음결을 하나하나 들춰 보는 게 더 설득력이 있는 것 같다. 맞아. 그래서 그랬나

보다. 하며 나 자신에게도 없는 척, 속이며 무시했던 감정들을 다시 꺼내 가만가만 만져 본다.

나의 무의식에 쌓인 감정들이 꿈으로 내게 말을 걸고 있는 것일까. 내 무의식에 이런 감정들이 저장되어 있었다니 너무도 놀랍고 당황스러웠다.

의식적으로 서운함도 소외감도 전혀 느끼지 않는 척, 그런 감정 따위에는 절대 휘둘리지 않는 척해 왔지만 내 무의식은 알고 있었나 보다. 한없이 나약하고 작은 것에 낙담하며 흔들리고 있다는 것을. 요사이 뭔지 모르게 불안하고 울적했던 감정들이 꿈으로 표출된 셈이다. 다시 한번, 아, 그렇구나. 고개를 끄덕이지 않을 수 없다.

지인들과의 관계는 자연스럽게 거리를 두고 기다려 보고자 한다. 억지로 서둘러 깔끔하게 결론 내려는 조바심을 지그시 누르면서. 시간이 해결해 주는 부분도 있고 쓸데없이 혼자 오해하는 부분도 없지 않을 테니 말이다. 판단을 미루고 있는 그대로 바라보는 시간이 필요한 때이지 싶다.

둘째 아이는 당장 서운함을 모두 없앨 수는 없다. 그저 조금씩 내 마음을 어르고 달래면서 줄여 갈 뿐이다. 아이가 부모에게서 독립하듯 부모 또한 아이에게서 정서적인 독립이 필요하지 않나 싶다. 어쩌면 지금이야말로 아이의 빈자리를 오롯이 나의 영역으로 확장하기 딱 좋은 때일지도 모르겠다. 이제야 비로소 책임과 의무에서 벗어났으니 홀가분한 자유를 만끽하며 새로운 시작을 도모해도 좋고, 다채롭고 아름답게 나만의 시간을 차곡차곡 채워 가며 내 삶에 집중해도 좋을 테니 말이다. 서서히 서운함을 거둬들이고, 짝짝짝! 힘찬 박수로 서로의 독립을 축하하며 응원하는 마음을 보내 봐야겠다. 이해와 존중이 드나들 수 있도록 적당한 거리를 유지하면서.

생각할수록 놀랍고 새로운 경험이다. 꿈에 대해 오래 생각하고 내 감정을 더듬어 만져 보며 아귀를 맞춰 보고, 마침내 이해하고 마음을 정돈하기까지. 모든 퍼즐을 맞추진 못했지만, 그런대로 뿌옇던 하늘이 맑게 갠 듯 찜찜함이 온데간데없이 사라진다. 그동안 쌓였던 감정의 찌꺼기를 훌훌 날려 보내고 다시 시작하는 기분이랄까? 꿈이 건네는 소리를 귀담아듣고, 나름대로 그 의미를 찾고자 노력하는 건 다름 아닌 내 마음이 어떤지 자세히 들여다보고 살피는 일이지 싶다. 제아무리 엉뚱하고 뜬금없으며 맥락조차 없어 보이는 꿈이지만 모두 내 마음 깊숙이 쌓여 있던 것들이 꾸역꾸역 그 모습을 드러내는 것일 테니 말이다.

어쩌면 그동안 '개꿈'이라고 치부해 금세 까먹고 만 꿈들도 나름 나의 무의식이 목 놓아 외치는 소리였는지 모를 일이다. 이제 자고 나면 이불을 정리하듯 머릿속에 남아 있는 꿈 조각들을 모두 쏟아내 하나하나 만지고 굴리며 아귀를 맞춰 보는 노력도 기꺼이 해 볼 참이다. 나도 모르게 쌓인 쭈글쭈글 구겨지고 주름진 내 마음의 부스러기들이 말을 걸어온다면 귀 기울이는 건 당연할 테니까.

올봄엔 그저 바라봄

고개만 돌려도 온통 봄이다. 오후 늦게 나선 산책길에서 노랗게 꽃을 피운 산수유 몇 그루를 발견했다. 어찌나 기특하고 예쁘던지, 처음 엄마를 향해 웃어 주는 아가의 얼굴처럼 환했다. 마음 같아선 덥석 안아 주고 싶은 심정이었다. 머지않아 개나리도 피고 목련도 피고 앞다퉈 꽃들이 화사하게 피어날 것이다. 한 열흘 전부터 아파트 앞 울타리를 지날 때면 꼭 어디선가 꽃을 피운 성미 급한 개나리가 있을 것만 같아 매의 눈으로 살펴왔다. 이제야 산수유가 핀 걸 보면 앞으로도 며칠은 더 기다려야 개나리꽃을 볼 수 있을 것이다. 역시나 성미 급한 건 나였다.

올봄을 맞이하는 마음의 결이 조금은 낯설고 새삼스럽다. 작년까지는 그냥 봄이 아니라 새봄이라며 뭔가 빼곡하게 계획을 세웠었다. 짐짓 굳은 결의에 차 진지하게 다짐도 했다. 넘치는 열정으로 새로운 시작을 만들며 꿈에 부풀었다. 물론 그 많은 계획이 착착 진행될 리도 없고 무리한 시작이 오래 지속될 리도 없지만 말이다. 그래도 그 순간만큼은 충분히 새봄에 충실했다.

메말랐던 나무에 환하고 탐스러운 꽃이 피어나고 나뭇가지마다 벌겋게 물이 오르는 그 약동하는 봄의 기운에 기꺼이 동참했다. 내 나름 봄에 대한 예의를 한껏 차렸다. 봄이 왔는데 그것도 새봄이 왔는데, 지난겨울과 같을 수는 없지 않은가. 아니, 같아서는 안 되는 일이었다. 자연의 이치를 따라 자연스럽게 나도 분주하게 움직이고 힘차게 앞으로 도약해 나아가야 했다. 비록 얼마 못 가 주저앉을지라도 출발만큼은 씩씩하고 우렁차게 새로운 계절에 발맞추고자 했다.

하지만 올봄은 아무것도 하지 않기로 했다. 새로운 계획도 새로운 결심도 없다. 새로운 다짐도 새로운 약속도 없다. 심지어 새로운 희망도 바람도 가지지 않기로 했다. 새봄이라며 호들갑을 떨고 설렘으로 흥분하다가 금방 후루룩 바람 빠진 풍선처럼 쪼그라드는 건 지금까지면 충분하니까. 봄이라고 특별히 달라지는 건 없다. 올봄엔 따사로운 햇살을 마음껏 쪼이고 반질거리는 초록 이파리와 가지각색의 예쁜 꽃들을 찬찬히 바라보는 기쁨만 오롯이 느끼기로 했다. 냉이나 달래처럼 쏙쏙 땅을 박차고 고개를 내미는 향기로운 것들에 다정한 눈길을 건네며 흔들리지 않는 평상심으로, 있는 그대로의 봄을, 있는 그대로의 기분으로 맞이할 뿐이다.

서로 다른 얼굴로 오고 가는 계절을 촘촘하고 예민하게 오래오래 느끼고 바라볼 것이다. 어쩌면 봄이라는 계절은 뭔가 새롭게 시작하고 출발하기 좋은 계절이라기보다는 마음의 눈을 뜨고 그저 바라보기 딱 좋은 계절이지 싶다. 말 그대로 '봄' 아닌가. 그 부드럽고 연약한 꽃이 오그린 잎을 어떻게 펼치는지, 햇살이 얼마나 노릇노릇 익어 가는지, 나뭇가지에 초록 물줄기가 얼마나 힘차게 오르내리는지, 그리고 봄의 시간이 어떤 빠르기로 지나가고 있는지 등등. 가만히 봄의 한가운데에 서서 줄어드는 페이지가 아까운 책처럼, 알록달록 날마다 달라지는 봄의 풍경을 아껴 가며 바라보는 것이 올봄 나의 계획이라면 계획이다.

새봄이 왔다고 괜히 욕심부리지 않을 것이다. 겨울을 보내는 담담한 마음으로 봄을 맞을 것이다. 올봄이 새봄이라면 지난겨울도 새 겨울이었고 다가올 여름도 새 여름이다. 유독 봄에만 '새'라는 접두어를 붙여 가며 수선을 떨고 분주해질 이유가 하나 없다. 올봄은 차분하게 오는 봄을 부족함 없이 충분히 바라보고 누려보리라. 쓸데없는 데 정신 파느라 가뜩이나 짧은 봄을 조금이라도 놓치고 싶지 않다. 두 눈 부릅뜨고 자세히, 오래, 오고 가는 봄을 바라볼 것이다.

올봄, 그 어느 해보다 특별한 봄이 될 것이다. 선명한 사진처럼 오롯이 내 두 눈 안에 오래오래 각인될 봄, 그런 나만의 바라봄이다.

세상엔 공부할 게 너무 많아

오롯이 혼자 보내는 시간, 어제 남편과 함께 KBS '송년 음악회'에서 본 오페라 〈세비야의 이발사〉를 서울 필하모니 오케스트라의 공연 영상으로 한 번 더 봤다. 어제는 가사 해석이 없어 무슨 내용인지도 모르면서 남들 따라 박수를 보냈던 게, 영 찜찜했기 때문이다.

역시 아는 것은 힘이다. 오늘 전체적인 내용과 노랫말 해석을 보면서 들으니 훨씬 귀에 쏙쏙 들어왔다. 어제 가수가 했던 이상한 동작과 표정 하나하나가 무엇을 의미했는지 절로 고개가 끄덕여졌다. '미리 곡을 듣고 알고 가는 노력을 조금이라도 기울였으면 얼마나 좋았을까.' 뒤늦은 후회가 밀려왔다.

뭐든 사전 준비가 중요하다. 여행을 가더라도 미리 검색을 다 하고 가면서 클래식 음악회를 가면서 아무것도 모른 채 덜렁덜렁 허영심만 잔뜩 안고 갔으니, 그것도 '나 이래 봬도 클래식 음악 좀 아는 여자야~.' 하는 말도 안 되게 유치찬란한 허영심을. 매일 아침 클래식 라디오를 배경처럼 틀어 놓는 게 고작이면서 말이다. 공부하지 않고 노력하지 않으면 클래식의 문도 쉽게 열리지 않을성싶다.

아휴, 그놈의 공부와 노력은 언제까지 해야 하는지.

십 년도 더 전에 산 시집을 천천히 다시 읽었다. 어쩜 이리도 절묘하고 아름다운 표현을 할 수 있을까. 새삼 감동이다. 모두 다 외우고 싶어 몇 번이나 큰 소리로 소리 내어 노력해 봤으나 쉽지 않았다. 오늘에서야 알았다. 내가 정말로 감동하는 시를 만나면 고개가 여섯 시 오 분으로 기울어지면서 입매가 야무지게 옆으로 벌어진다는 것을. 그리고 한동안 멍해진다.

많은 시들이 나를 멍하게 만들었다. 가슴으로 맛있는 밥 한 그릇 뚝딱 먹어 치운 듯 배부르고 흐뭇했다. 도대체 이런 시를 쓰는 시인들은 뭘 먹고 살아갈까, 늘 궁금하다. 아마 내가 먹는 밥을 먹고 김치를 먹고 그러지는 않을 것만 같다. 뭔가 달리 맑고 투명하고 말랑거리고 보드랍고 향기로운 이슬 같은 것만 자기들끼리 조금씩 나눠 먹는 게 틀림없다. 그렇지 않고서야 이런 가슴 떨리는 감성과 독특한 시어가 나올 리 없지 않은가. 참을 수 없이 샘이 나 얼굴이 자꾸 심술 맞게 부어올랐다.

아휴, 나 같은 사람은 언제 시 한 편 쓸 수 있으려나.

며칠 전 4년 사용한 휴대폰을 새것으로 바꿨다. 예전 것보다 폭이 넓어 손아귀에 편안하게 들어가지 않는 게 아직은 낯선 손님 같다. 하지만 예전에 없던 기능이 많아 신기해하며 자꾸 들여다보는 중이다. 종일 손에 들고 보고 듣고 해 보고 있지만, 그 많은 기능을 도저히 다 사용하기에는 역부족이다. 대부분 '아, 이런 기능도 있구나.' 하는 것이지 앞으로 계속해서 잘 쓸 거 같은 기능은 몇 안 된다. 벌써 기술 발전을 따라잡지 못하는 것인지, 낯선 것에 대한 두려움인지, 새로운 기능들이 그리 반갑지 않다.

간단하게 필수 기능만 있어도 좋겠다는 마음이 절실하다. 처음엔 호기심으로 이것저것 해 보면서 놀라고 신기해하지만 이내 열정이 식어 버린다. 밖에서 지쳐 집으로 돌아오는 심정으로 늘 쓰던 가장 기본적인 기능만 맨 앞에 모아 두고 사용한다.

전자기기의 기능은 날로 진화한다. 내용도 속도도 상상 이상이다. 막상 보니까 이것도 편리하고 좋겠구나, 하는 것이지 평소에는 한 번도 바라고 원한 적 없던 것들이다. 그러면 누가 얼마나 원하고 불편을 호소했길래 이렇게 새로운 기능들이 점점 만들어져 나오는 것일까. 이 모든 기능이 꼭 필요해서 만든 것들이며 누군가는 요긴하게 사용하고 있는 것일까. 나만 괜히 쓸데없이 복잡하게 만들어 가격만 점점 비싸진다고 투정을 부리고 불만을 터뜨리는 것일까. 끝없이 편리함을 추구하며 발전하는 기술 앞에 괜한 소외감으로 심사가 꼬이는 건 아닌지.

다행히 음질도 좋고 사진도 선명하다. 종일 라디오를 듣고, 여행 가서 저장 공간 걱정 없이 마음껏 사진을 찍을 수 있다니 그게 어딘가. 이참에 시간도 많으니 차근차근 새로운 기능들을 써먹어 봐야겠다. 새로운 변화에 눈 돌리고 손 놓아 버리면 세상과 그만큼 멀어지고 말 테니까.

늘 하던 대로, 쓰던 대로에 안주하기에는 앞으로 살아갈 날이 너무 짱짱하게 남아 있지 않은가. 아직은 모든 것에 호기심을 가지고 알아보고 눌러 보고 열어 보고 만져 볼 때다. 휴대폰에 담긴 새로운 기능들을 즐거운 마음으로 친한 친구를 만나듯

하나하나 열어 봐야겠다.

언제나 더 새롭고 더 편리하게 진화 발전하는 기술에 대하여 칭찬하고 응원하는 마음으로 기꺼이 가슴을 열어야겠다. 새로운 기능이 거저 만들어질 리는 없을 터, 누군가의 치열한 노력과 수없이 많은 잠 못 드는 밤을 연료로 만들어졌을 테니까. 새로운 휴대폰이 세상에 발맞춰 함께 가자고, 어서 오라고, 자꾸 뒤처지려는 내 발걸음을 재촉한다.

어쩌자고 이렇게 공부할 것은 점점 늘어만 가는지, 얼마나 더 헉헉대며 노력해야 따라잡을 수 있을지 아득하기만 하다. 아휴, 참으로 버겁고 안쓰러운 인생이 아닐 수 없다.

과연 나만 그런 건가?

오늘 난 미래의 나를 만들고 있어

통통하게 살이 오른 말간 가을 햇살이 거침없이 거실까지 밀고 들어온다. 집 안이 화사하고 따뜻한 기운으로 그득하다. 느긋한 마음으로 클래식이 흐르는 라디오에 귀를 기울인다. 어쩜 그렇게 매끄럽고 우아한 발음으로 음악을 소개하는지, 감탄이 절로 나온다. 사연은 또 어쩜 그리 다양한지, 빈집에 가정 음악을 켜 놓은 채 산책 나왔다 들어가는 길이라는 사람부터 요즘 한 달에 한 번씩 휴양림으로 여행을 떠난다는 사람도 있었다. 열심히 한 달을 산 자신에게 주는 선물이란다. 엄마와 처음으로 바닷가 여행 중이라는 딸도 있고, 오후에 있을 발표가 긴장된다며 힘을 보내 달라는 사연도 있었다. 사연마다 생생하게 그 모습이 머릿속에 그려지는 게 오랫동안 알고 지낸 사람처럼 친숙하게 느껴졌다.

다들 저마다의 자리에서 고만고만한 걱정을 안고 비슷비슷한 삶을 살아 내고 있다는 생각에, 닿을지 모르는 응원을 힘껏 보내기도 했다. 다양한 사람들의 삶도 조금만 오래 들여다보면 모두 거기서 거기라는 생각이 든다. 때로는 나를 몰아세우고 다그치며 혹사하기도 하고, 또 때로는 달콤한 여행으로 어르고 달래며 보상하기도 하면서 사는 모습이 나와 별반 다르지 않다는 그런 생각.

부드럽고 우아하게 넘실거리는 클래식을 배경 삼아 한껏 여유로워진 김에 노트북을 열고 그동안 여기저기 써 놓은 글들을 뒤적인다. 질은 둘째 치고라도 양이 제법 됐다. '누가 뭐래도 나는 쓰기를 좋아하는 사람이었구나.' 하고 실감한다.

직장을 다닐 때는 매일 아침 시를 읽고 느낌을 적으며 마음을 가지런히 정돈했다는 것도 새삼 발견한다. 내 서가에 그 많은 시집이 괜히 있는 게 아니었다. SNS에 올렸던 '오늘 아침 내게로 온 시'라는 포스팅 시리즈는 제법 반응이 좋았다. 구독자도 많고 '좋아요'와 댓글도 꽤 있었다. 포스트 메인 화면에 노출되는 영광까지 누렸다. 늘 하루하루를 아름답게 시작하고자 정성을 다한 흔적이 역력했다.

내가 고른 시를 하나하나 다시 읽어 보자니 그 당시 아침 풍경이 눈에 선했다. 조금 일찍 출근해 단정하게 앉아 오늘의 시를 뭐로 할지 신중하게 고른다. 반복해 읽은 후 간단한 느낌을 첨부해 어울리는 사진과 함께 올린다. 이제 오늘의 시를 찬찬히 음미하며 커피 한 잔 마시고 나면 업무 시작이다. 그래, 그런 날들이었어! 날마다 좋은 시 한 편으로 환하게 하루를 시작했지! 그 아침이 얼마나 반짝반짝 빛이 나고 오래오래 좋은 향기가 나던지 화한 박하사탕을 물고 있는 기분이었다고 어제 일처럼 기억은 상기시킨다.

내 글은 '씀'이라는 앱에도 무척 많았다. 그날그날 글감 단어를 주면 그 단어가 들어간 짧은 글을 올리는 방식이다. 찬찬히 다시 읽어 보니 신기하게도 그때의 감정이 오롯이 고개를 들었다. 2016년 8월 21일엔 '재능'이라는 글감이 주어졌고 그 당시 나는 처음으로 집을 떠나 기숙사에 머물던 큰아이를 생각하며 짧은 글을 올렸었다. '너를 사랑하는 것, 유일하게 내가 잘할 수 있는 것, 자신 있게 최고인 것, 하늘이 내게 준 빛나는 재능.'이라고. 걱정도 되고 보고 싶기도 했던, 그 애틋하고 간절한 마음이 생생하게 되살아났다.

문득 여기저기 흩어져 있는 글들을 한 권의 책으로 모아 보고 싶은 욕심이 꿈틀거렸다. 그동안 먼지처럼 사이버 공간을 떠돌았다면 이제는 돌아와 따스하고 편안하게 머물 수 있는 집을 마련해 주는 심정으로. 모두 내 삶의 흔적이고 마음의 기록들이니 그만한 가치는 충분하다고 생각한다. 혹 누군가 젊은 날의 내가 궁금하다고 한다면, 이렇게 매일 아침 감동적인 시를 읽고 글을 쓰며 하루하루를 시작할 정도로 섬세하고 낭만이 있었다고, 작고 예쁜 책을 건네며 가만가만 이야기해 주는 것. 이햐~ 상상만으로도 근사해 스르르 입이 귀에 걸린다. 그래 해 보자! 야무진 입매로 부리나케 '할 일 목록'에 꼭꼭 눌러 적는다. 반드시 실천하리라 결의도 단단하게 다지면서.

느긋하게 빈둥거리며 게으름을 떨다 보니 중요하게 할 일을 찾았다. 쓸모없음으로 여유를 부리니 뜻밖의 쓸모가 찾아왔달까. 글을 쓰고 책을 만드는 내가 하루아침에 뚝딱 만들어진 게 아니라는 사실에 새삼 놀란다. 지금의 내가 궁금하다면 그동안 나를 통과한 시간을 찬찬히 돌아보는 건 어떨까. 오늘 우연히 지난 시간의 흔적을 들춰 보면서 지금의 나를 더 확실하고 선명하게 알게 되었다. 지금의 나는 오래전부터 내가 보낸 시간으로 만들어진 것임을. 그러고 보면 지금 나는 오늘을 살고 있지만, 사실은 미래의 나를 열심히 만드는 중인 셈이다.

미래가 궁금하다고? 오늘 보낸 나의 시간에 미래의 내가 있다. 당신은 미래에 어떤 사람이 되길 원하는가. 지금 당장 원하는 걸 하는 게 답이다.

내가 지나간 시간 속을 어슬렁거리는 사이, 가정 음악은 거의 끝 곡을 이어 가고 있다. 오늘 같은 날은 나도 사연 하나쯤 보태고 싶었는데, 새롭게 의미 있는 일을 찾았다며 기쁨과 흥분을 듬뿍 담은 그런 사연을. 신청곡으로는 요한 슈트라우스 1세의 〈라데츠키 행진곡〉은 어떨까. 그러면 예의 그 나긋나긋한 목소리로 "어이쿠, 잘하셨네요. 부디 꼭 실행에 옮기길 응원할게요!" 하며 힘찬 음악으로 내 등을 밀어줬을 텐데.

퇴직하셨다고요?

옛 직장 동료 중 얼마 전 퇴직한 K와 점심을 같이했다. 4년 만이지만 이상하게 어제 만난 사람처럼 반갑고 친숙했다. 거짓말 같지만 별로 달라진 게 없었다. 건강상 이유로 정년을 채우지 못하고 오랜 고민 끝에 퇴직을 결정했다고 담담히 말했다. 늦은 나이에 결혼해 육아와 직장 생활에 날마다 힘겨워했던 기억이 났다. 나는 잘했다고, 힘든 결정하느라 애썼다고 격하게 축하를 보냈다.

"앞으로 뭐 할 생각이냐.", "무슨 특별한 계획이라도 있는 거냐." 같은 물음이야 그동안 직장 동료들에게 귀가 아프도록 많이 들었을 터. 나는 잘 결정했다고 앞으로 좋은 일만 기다리고 있을 거라고, 힘차게 응원했다. 내가 퇴직했을 때 누군가에게 듣고 싶었던 바로 그 말을 진심으로 전했다.

벌써 며칠 출근을 안 하고 쉬니 몸이 거뜬하고 아프던 머리가 개운하다고 했다. '두고 보면 알겠지만 매일 매일 퇴직하길 잘했다~.' 할 테니 쓸데없는 걱정일랑 가볍게 날려 버리라고 조언했다. 우리가 할 일은 건강 관리 잘하면서 날마다 최선을 다해 즐겁게, 시간 부자로 사는 것밖에 없다는 것도.

하지만 안다. 내 말을 곧이곧대로 믿지 않으리란 것을. 나도 처음엔 그랬으니까. 알 수 없는 두려움과 불안에 휩싸여 날마다 흔들리고 휘청거리는 게 전부였으니까. 마음이 편하게 될 때까지는 시간이 필요한 법, 묵묵히 기다리는 진득함도 필요하다. 서두르며 조바심 낸다고 될 일은 없다. 내 것이지만 가장 내 마음대로 하기 어려운 게 바로 내 마음일 테니. 천천히 최대한 조심스럽게 어르고 달래며 다독여야 그나마 말을 들을까 말까니 까다롭기가 이루 말할 수 없다. 아마 오랜 시간이 필요하리라.

지금은 그저 '좋다~. 참 좋다~.' 하면서 여유 있는 삶을 즐기려는 마음과 태도에 집중하는 게 가장 중요하지 않을까 싶다. 때때로 찾아 드는 불안과 두려움이야 어쩔 수 없이 불쑥 들이닥친 손님처럼 받아들이고.

퇴직한 지 꽤 오래 지났지만, 여전히 불안과 두려움이 나를 찾아오고 있는 것만 봐도 그렇다. 이제는 그러려니 하는 나름의 내공이 생겨 더는 나를 어찌지 못하지만 말이다. 잠시 머물다 나도 모르게 훌쩍 떠나곤 한다. 그러니 그런 감정이 얼른 사라지길 바라며 안달복달하는 건 소용이 없다. 그저 자연스럽게 오면 오는 대로, 가면 가는 대로 무심하게 마음을 다른 쪽으로 돌리며 신경을 쓰지 않는 게 상책이다. 예민하게 굴면 오히려 더 자주 더 오래 괴롭힐 것이다.

어쩌면 퇴직 후 가장 필요한 건 조금은 무덤덤하고 무뎌진 감정이 아닌가 싶다. 매사 예민하게 신경 쓰고 오해하며 불필요한 억측의 확장은 엄청난 피로감과 함께 자책하고 무기력하게 만든다. 그저 적당히 무시하고 적당히 무관심하게 그리고 적당히 보아 넘기며 그러려니 하는 것이 현명한 삶의 자세일 테다.

집으로 돌아오는 길, 괜한 퇴직 선배라는 책임감으로, 너무 많은 조언과 충고를 쏟아 낸 건 아닌가 하고 약간 반성하고 후회했다. 시간이 지나면서 저절로 터득하고 깨닫게 되는 게 분명 더 많을 텐데도 자꾸 "이럴 거야. 저럴 거야." 하며 묻지도 않는 경험담을 늘어놓았다. 심지어 "이렇게 해. 저렇게 하는 게 좋아." 같은 훈수도 서슴지 않았다. 그저 퇴직 초기의 혼란스러운 마음을 잘 다독이고 불안한 마음을 잘 동여맬 수 있도록 따뜻한 격려나 보내고 말 일이지, 괜한 오지랖으로 욕심을 부렸다. 나의 몇 마디 말이 거대한 파도처럼 흔들리는 마음에 별 도움이 되지 않는다는 걸 뻔히 알면서도.

모든 건 본인 마음에 달렸다. 어떻게 마음먹느냐에 따라 혹은 얼마나 자주 결심하느냐에 따라 달라질 것이다. 최대한 자신을 믿고 긍정적으로 칭찬하고 지지하면서 내일을 기대하고 희망하는 마음이라면 어떤 어려움에도 흔들리지 않는 자신만의 단단한 내공이 쌓일 것이다.

아직도 내 마음은 하루에도 수도 없이 흔들리고 변덕을 부려 뒤죽박죽이다. 누군가 들여다본다면, 끌끌 혀를 차며 기함을 할 것이다. 하지만 그렇게 죽 끓듯 변덕스러운 내 마음을 다스리는 기술을 이제는 알고 있기에 걱정하지 않는다. 바로 더 자주 마음을 다잡는 결심을 하고 또 하는 것이다.

하루에 마음이 백 번쯤 널을 뛴다면 반듯하고 고요하게 마음의 중심을 잡는 결심을 백이십 번쯤 하는 것이다. 그러면 그럭저럭 흔들리지 않고 균형을 잡을 수 있다. 다시 말해 흔들리면 흔들릴수록 그보다 더 많이 마음을 다잡으면 된다는 말이다.

　이건 오랫동안 조금씩 나만의 시간을 통해 알게 된 깨달음이
니, 당장 누군가의 입을 통해 알기는 어려울 수도 있다. 하지만
누구나 시간이 지나다 보면 어느 순간 자기 안에 뿌옇게 차 있
던 안개가 서서히 걷히면서 선물 같은 깨달음의 순간이 찾아올
때가 있기 마련이다.

　암튼 이제 퇴직을 했으니 시간 부자로 사는 삶의 행운을 달
콤하게 누리길 진심으로 바란다. 자주 찾아오는 외로움과 불안
보다 두어 걸음 더 빠르게 마음을 달래면서 괜한 두려움에 사로
잡히지 말았으면 좋겠다. 건강 잘 챙기면서 언제까지나 자유롭
고 느긋하게 자신의 삶 속으로 천천히 걸어 들어갔으면 좋겠다.
더없이 솔직하고 정직한 자신을 만날 때까지. 그 안에서 진정
새로운 나만의 길을 찾을 때까지.

제3부

밥 냄새
나는 책

내 인생 첫 책

땡동! 드디어 고대하던 책이 도착했다. 우와~, 지은이 난에 나의 이름 석 자가 단정하고 반듯하게 새겨진 내 인생 첫 책이라니. 노릇노릇한 봄 햇살을 닮은 노란색 표지가 더없이 따스하다. 어린아이의 뺨을 만지듯 부드럽게 손바닥으로 표지를 쓸어 보니 기분이 저절로 화사하고 밝아져 미소조차 노란색이다. 『이제 마음 가는 대로 살 때도 됐지』 하는 제목은 한결 느긋하고 편안해진 마음으로 '그래그래.' 하며 고개를 끄덕이게 한다.

언제고 마음 가는 대로 살 때가 아니어도 되는 때란 없겠지만, 이런저런 이유로 그리 살기가 쉽지 않을 테니 말이다. 이제야말로 어깨에 짐을 내리고 흙 묻은 장갑도 벗어 놓고 홀가분하게 마음이 가리키는 대로 한 발 한 발 걸어갈 때가 됐다고 넌지시 일러 주는 듯하다. 경쾌한 손놀림으로 책장을 펼치니 지난 시간의 흔적들이 '안녕~.' 하고 반갑게 인사를 건넨다. 재미없고 심심하지만 그래도 소중한 내 일상의 기록들이다.

솔직히 책 출간을 준비하면서 하루에도 몇 번씩 마음이 오락가락했다. 어느 때는 출간하고 싶은 열정이 가지 끝까지 뻗치다가 또 어느 순간 구멍 난 풍선처럼 한없이 오그라들었다. 부끄러운 속내를 미주알고주알 날마다 일기처럼 끄적거린 글을 과연 책으로 묶어도 될까. 이런 평범하고 진부한 책이 서점에 있다면, 흔쾌히 집어 들고 계산대로 향하는 사람이 몇 명이나 될까. 나라면 선선히 지갑을 열까. 통 자신이 없었다. 아마도 나를 아는 사람이라면 나의 근황이 궁금해 호기심으로 집어 들 수는 있겠지. 혹은 응원한다는 의리와 인정으로 몇 권은 사 줄 수도 있을 테고. 그렇지만 나를 전혀 알지 못하는 사람이 순수하게 나의 글만 보고 마음이 이끌릴 가능성은 얼마나 될까.

'쯧쯧, 도저히 안 되겠다.' 싶다가도 어느 순간 '뭐 어때? 나의 이야기는 나밖에 쓸 수 없는걸. 뭐가 문제지?' 하는 다소 뻔뻔한 생각이 주저앉은 나를 일으켜 세웠다. 혹시 누군가 무심코 집어 들었다가 '에이, 뭐 이런 게 다 책이라고.' 하며 실망한 표정으로 내팽개칠지도 모른다는 불안감은 '에이, 뭐 그럴 수도 있지.' 하며 대범한 척 툭툭 털어냈다.

책을 만드는 과정 또한 쉽지도 즐겁지도 않았다. 출판에 대해 완전 깜깜한 채 종이의 질과 무게, 인쇄 방식 같은 것을 결정해야 했다. 무엇보다 책에 싣는 글에 대한 끝없이 반복되는 확인 작업은 책이고 뭐고 다 때려치우고 싶을 정도로 지치고 피로했다. 작가가 책 한 권을 출간하는 데 들이는 시간과 정성과 에너지를 모두 모아 똘똘 뭉친다면 책 몇 권의 부피는 족히 되고도 남지 않을까. 그것만으로도 세상의 모든 책은 위대하다는 걸 뼈저리게 실감했다. 모든 책에 대하여 한층 너그러워지고 따듯한 시선을 갖게 된 건 책 발간으로 얻은 또 다른 수확이었다.

책에 대한 반응은 예상외로 나를 감동케 했다. 책을 읽고 나를 더 깊이 이해하게 되어 좋았다는 사람도 있고, 내가 썼다는 이유로 무한 신뢰를 보이며 선물용으로 스무 권이나 샀다는 사람도 있었다. 책 내용 중 「내 심심풀이 간식 3종 세트」라는 글을 보고는 각종 쫀디기와 마카로니를 상자째 보내 준 친구도 있었고, 카톡 프로필을 내 책 사진으로 바꿔 홍보해 준 지인도 여럿 있었다. 아, 맞다. 또 빼놓을 수 없는 건 예전 직장 동료가 만들어 준 '작가와의 만남' 자리였다. 정말 내가 작가라도 된 듯 근사한 기분으로 저자 사인을 해 주며 이런저런 책 이야기를 나눴다. 나도 어쩔 수 없는 속물인지라 작가라고 불리는 그 자리가 얼마나 달콤하고 기분이 날아가게 좋던지, 책 내용이 볼품없고 형편없다는 게 그 순간만큼은 아무렇지도 않았다. 한참 지나서야 당치도 않은 작가 행세에 부끄러움이 사정없이 밀려들었지만. 이 모든 사람의 사랑과 응원을 잘 간직해 주머니에 넣고 다니면서, 힘들고 지칠 때마다 조금씩 꺼내 본다면 앞으로 몇 년은 끄떡없을 듯했다.

친구 하나는 내 책을 읽고 나서 "나도 한번 글을 쓰고 책을 내 볼까?" 하며 설렜다고 고백했다. 휙휙 쉽게 넘어가는 책장에 별거 없는 소소한 이야기로 가득한 내 책에 '책, 이거 별거 아니네. 나도 쓸 수 있겠는걸.' 하는 자신감을 얻었는지, 자신의 얘기 보따리를 풀어 보고 싶은 충동이 밀려들었단다. 어쨌든 내 책이 누군가에게 글을 쓰고 책을 내고 싶은 마음이 들게 했다면 이 또한 내게는 찬사가 아닐 수 없다. 조금이라도 누군가의 마음에 가닿았다는 거니까. 나는 친구의 등을 힘차게 밀며 응원했다. 이제 마음 가는 대로 살 때도 됐으니, 지금 당장 시작해 보라고.

곰곰 생각해 보면 내가 나의 책을 가질 수 있었던 건, 아흔아홉 가지 책 발간이 불가한 이유에도 불구하고 오직 하나, '일단 해 보자.' 하는 마음을 따랐기에 가능했다. 이번 책 발간으로 명확하게 알았다. 마음이 가리키는 길이야말로 스스로 만족하고 기쁨을 얻을 수 있는, 그리하여 후회를 덜 할 수 있는 확실한 길임을. 가만히 앉아 남의 시선이나 겁내며 완벽을 추구한다는 핑계로 다음 또 다음으로 미루기만 했다면, 나의 책은 세상에 나오지 못했을 것이고 평생 후회로 남았을 것이다.

가만가만 손가락으로 책등을 쓰다듬다 보니 책이 건네는 말이 나직하게 들려온다. 많이 망설였지만 그래도 용기 내길 참 잘했다고, 뭐든 부족하면 부족한 대로 모자라면 모자란 대로 그저 마음을 따라 힘껏 시도하고 도전해 보라고, 그 안에 분명 뜻밖의 기쁨과 깨달음이 있을 테니까. '그래 맞아.' 선선히 고개를 끄덕이지 않을 수 없다. 나는 앞으로도 뭐가 됐든, 주저하거나 머뭇거림 없이 마음이 이끄는 길을 따라 꾸준히 걸어가리라 다짐해 본다. 내 인생 첫 책을 등불 삼아 뚜벅뚜벅 나만의 걸음걸이로. 책 제목처럼 나도 이제 마음 가는 대로 살 때가 됐다고 믿으면서.

볼 때마다 노란 미소로 눈 맞춤하는 내 인생 첫 책. 난 네가 참 예쁘고 고맙다.

자비 출판이 구린가?

우연히 인터넷을 뒤적이던 중 한 블로그에서 자비 출판에 대한 글을 읽었다. 마음이 상하면서 기분이 나빴다. 세상에 구리다고 할 수 있는 것 중 가장 구린 걸 고르라면 '자비 출판'이란다. 작가 지망생이 더 빨리 작가 소리 들어 보겠다고 자기 돈 들여 서푼 글을 묶어 서둘러 책을 만드는 것, 그러고는 책 냈다고 작가인 척 잘난 척을 떠는 것. 그게 구리단다.

'구리다'라는 말은 사전을 찾아볼 필요도 없이 말 자체에서 더럽고 지저분한 똥 냄새가 풍기는 듯, 저절로 손이 코로 가는 말이다. 그런데 그 글에 내가 왜 기분이 나빴을까. 나와 전혀 상관없는 이야기였다면 그토록 기분이 나쁘고 마음이 상했을까? 아마 그런 글이 내 눈에 띄지도 않았겠지. 보는 순간 유독 내 마음에 날카로운 비수가 되는 건 아마 얼마간은 내 이야기라 그럴 테다. 나는 얼마 전 첫 책을 자비로 출판했다. 부끄럽거나 창피하다고는 한 번도 생각해 본 적 없다. 당연한 일 아닌가. 나의 말 한마디가 크게 영향력 있는 유명인사도 아니고, 일거수일투족이 모두 궁금한 연예인도 아니고, 큰 상을 수상한 이력이 있는 것도 아니고, 알 만한 사람은 다 아는 인기 작가도 아니니 말이다.

평범하기 그지없는 사람이 지극히 개인적인 소소한 이야기를 주저리주저리 책으로 엮어 보겠다는데 어느 출판사가 선뜻 자기 돈 들여 출판해 주겠는가. 더구나 요즘은 책 읽는 사람보다 책 쓰는 사람이 더 많다지 않은가. 그 흔하고 많은 사람 중 하나인 내가 첫 번째 책을 출판하고 싶다면 자비 출판 말고 무슨 방법이 있었겠는가.

하지만 백번을 다시 생각해도 책을 출판한 건 좋은 경험이며 잘했다고 생각한다. 책 출판으로 책이 어떤 과정을 거쳐 어떤 방식으로 출판되는지, 정산은 어떻게 하는지 등등 새로 알게 된 지식과 정보가 넘쳐난다. 새로운 분야에 처음 눈을 떴다고나 할까. 나와 동떨어져 있던 세계에 첫발을 들여놓은 듯 신기하고 놀라웠다. 자비라도 출판해 보지 않았으면 영영 알지 못할 것들이다. 자비 출판 비용으로 새롭고 놀라운 세계의 경험을 산 셈이니 그리 아깝다고는 할 수 없다.

'구리다'는 말을 한 번 더 곰곰이 생각해 봤다. 내가 작가 소리나 들으면서 잘난 척이 하고 싶어 서둘러 자비로 출판했을까? 글쎄, 꼭 그렇지만은 않다. 나는 작가라는 타이틀을 얻고자 책을 낸 것이 아니다. 더구나 잘난 척을 떨기 위해서는 더더욱 아니다. 내 책은 퇴직 후 4년이라는 나의 시간을 정리한다는 점에 방점이 있다. 30년 다닌 직장에서 퇴직을 결심하고 실행에 옮기면서 가졌던 생각들, 비로소 맞이하게 된 백수 생활 등에 대하여 어떤 식으로든 정리하고 싶었다. 그 사이 세상을 떠난 사람도 있고 무수히 많은 일이 나에게 왔다가 사라진 그 시간을, 조금은 생생하게 오래 보존하고 싶은 욕심이 컸다. 헛된 사치라고 해도 좋을 그 욕심이 강하게 나를 이끌었다.

십 년 일찍 한 퇴직이라는 굴레에서 벗어나 진정 여유롭고 자유로운 일상을 살아가겠다는 다짐도 필요했고, 자신에 대해 오래 들여다보는 시간에 관하여도 어딘가에 꼭 기록해 두고 싶었다. 그래서 책을 만들게 되었다. 깔끔하고 단정하게 한 권의 책으로 정리하고 다시 새롭게 시작하겠다는 다짐으로. 또 하나, 내 책은 나를 알고 나의 근황이 궁금한 지인들에게 4년 만에 보내는 나의 안부 인사다. 날마다 이렇게 소소하게 잘 지내고 있다고, 때로는 심심하고 외롭지만, 더없이 자유롭게 시간 부자로 살고 있다며 모두의 안녕을 궁금해하는 그런 안부 인사말이다. 덤으로 딸려 오는 난생처음 내 책을 가져 보는 근사한 기분도 빼놓을 수 없다. 내 이름이 반듯하게 새겨진 책이라니, 평생 내 책 한 권 가져 보지 못했더라면 느껴 보지 못했을 소중한 감동이다. 이만한 감동과 이 정도 만족감에 넘치게 행복하다면, 비용을 스스로 부담하는 자비 출판인들 할 만하지 않은가.

여기까지 읽은 사람이라면 누구나 눈치챘겠지만, 지금까지 난 자비 출판이 구리다는 말에 도둑이 제 발 저린 심정으로 두서없이 길게 변명을 늘어놓았다. 나의 경우는 나름의 이유가 다 있으니 전혀 구리지 않다고. 하지만 변명이 늘 그렇듯 진실을 가리기에는 공허하고 턱없이 부족하다는 걸 안다.

사실은 출판 비용을 모두 출판사에서 제공하는 기획 출판이 불가능하니, 자비 출판을 한 것이고, 내가 생각하기에도 턱없이 부족하고 자신 없는 글을 서둘러 출판한 게 맞다. 그러니 따지고 보면 구리다고 해도 할 말은 없다. 뭔가 결과물을 빨리 내놓고 싶은 욕망을 채우기 위해 자비를 들여 난생처음 내 책을 가진 대가로 구리다는 말을 들어야 한다면, 기꺼이 들어야지 어쩌겠는가.

생각하면 할수록 구리다는 비난이 맞는 말 같아 그만 써야겠다. 불현듯 내 책을 흔쾌히 산 많은 지인과 친구들에게 괜한 민폐를 끼쳤다는 생각에 미안한 마음이다. 하지만 두고두고 조금씩 성장하는 모습으로, 더 나은 책으로 갚을 기회는 얼마든지 있을 테니 너른 마음으로 기다려 달라고 말하고 싶다.

나는 첫 책을 자비로 출판하면서 다짐했다. 세 권까지만 자비 출판으로 책을 내고, 그다음부터는 반드시 출판사가 쌍수 들어 환영하는 기획 출판으로 책을 내겠다고. 만일 기획 출판이 어렵다면 더는 책을 내지 않겠다고. 이제 한 권을 자비 출판했으니 어떡하든 두 권은 더 자비 출판을 할 작정이다. 아무리 구리다고 욕을 먹어도 이 약속은 변함없이 지킬 것이다. 오직 내가 할 일은 어떡하든 내 책을 사는 사람들에게 점점 덜 미안해지는 그런 책을 만드는 것뿐이다.

남편과 나선 산책길, 누가 나에게 자비 출판은 구리다고 했다고, 내 편 좀 들어 달라고 고자질하듯 일러바치는 내게 남편은 말한다. "자비 출판이 구린가(Cu)? 철(Fe) 아니고??" 하하하, 엉뚱한 아재 개그도 가끔은 위로가 된다.

귀찮지만 행복해 보겠다니

서점 나들이는 언제나 즐겁다. 잔잔한 음악이 흐르고 반듯하고 새침한 듯 진열된 책들은 정갈하다. 새 책의 잉크 냄새도 좋고 책장이 손에 닿는 느낌도 아기 속살처럼 보드랍다. 마음이 가는 책을 집어 휘리릭 넘기면 부르르 소리와 함께 기분 좋은 바람이 인다. 처음부터 끝까지 눈 두어 번 깜짝할 새에 넘어간다. 그게 재미있어 몇 번씩 부채를 펼치듯 넘기며 중간중간 눈에 들어오는 활자를 읽는다.

나는 노란색 표지의 가벼운 에세이를 골랐다. 『귀찮지만 행복해 볼까』라는 권남희 번역가의 책이다. 아니, 귀찮지만 행복해 볼까라니. 우선 제목이 눈에 띄게 재미있고 호기심을 자극했다. 냉큼 집어 들어 그냥 책 중간 아무 데나 펼쳐 읽은 나는 살랑살랑 춤을 추듯 경쾌하고 중독성 있는 글에 이내 빠져들었다.

'발라드'를 '퍼레이드'로 보고 번역했던 일이나, '생각 보관법'

을 보고 멋진 표현이라고 생각했는데 알고 보니 그게 '생강 보관법'이었다는 것, 그리고 또 있다. 뉴스 헤드라인 화면에 '1. 삼시 세끼 산촌편, 2. 조커' 이렇게 나란히 있는 기사 제목을 '삼촌 세끼 조카'로 읽었다며 눈에 치매가 왔다는 에피소드는 웃음보가 터지면서 격하게 공감이 갔다. 요즘 나도 노안으로 엉뚱하게 글을 읽는 횟수가 점점 늘어 내심 걱정하고 있는 터라 그 심정 누구보다 잘 아니까.

뭐니 뭐니 해도 내가 제일 크게 웃은 것은 이 부분이었다. 작가는 그동안 무라카미 하루키의 책을 많이 번역해 왔으며 매해 노벨문학상 후보로 거론되는 것에 대한 글 중, 2016년 밥 딜런의 노벨문학상 수상 기사에 달린 댓글 하나를 소개했다. '밥, 노벨상 축하해. -너의 절친 찌개가.' 하하하, 이걸 보고도 웃지 않을 사람이 있을까.

책은 내내 소소한 이야기로 전개됐다. 50세를 맞이한 작가의 갱년기와 슬럼프 그리고 친구와 처음으로 갔던 유럽 여행까지, 웃다가도 짠해지고, '그래, 맞아. 나도 그랬어.' 하며 크게 고개를 끄덕이다 보면 어느새 에필로그다. 남은 책장 줄어드는 게 어찌나 아까운지, 얼마나 남았나 자주 확인하게 되는 책이다.

"외출준비의 귀찮음보다 외로움이 낫지, 나쁜 일로 연락 오는 것
보다 휴대전화 조용한 게 낫지, 즐겁고 신나는 일 없지만 심심했
던 어제처럼 별일 없는 오늘이 낫지, 내일도 무료한 오늘과 같은
날이면 좋겠고, 다음 달도 맹숭맹숭했던 이번 달과 같은 달이면
좋겠어."

작가의 이런 생각은 어쩜 그리도 내 생각과 닮았는지. 집순
이의 삶을 즐기는 것도 그렇고, 언제 비 오는 날 빈대떡에 막걸
리라도 한잔하면 단박에 절친이 될 것만 같은, 그런 작가였다.

마지막 작가의 말에 크게 공감이 갔다. 원래 남들은 행복해
보이는 법이라고, 그러니 남이 나를 봐도 행복해 보일 수밖에 없
다고, 하지만 알고 보면 누구도 행복하기만 한 사람은 없으며 단
지 행복한 시기가 엇갈릴 뿐이라고. 그러면서 무심한 듯 '지금부
터라도 행복해 볼까. 아, 귀찮은데.' 하며 마침표를 찍는다. 재치
가 번뜩이고 삶을 꿰뚫어 보는 통찰력이 결코, 가볍지 않았다.

그동안 나는 책의 저자는 주목했지만, 번역가는 별로 관심이
없었다. 번역을 어떻게 했는지에 따라 책의 내용도, 문장의 결
도, 전체적인 톤도 많이 다름을 알지만 무심했다. 권남희 번역

가는 주로 일본 문학 작품을 많이 번역했으며 30년 가까이 삼백 권 넘게 번역해 온 전문 번역가였다.

확인해 보니 그동안 내가 읽었던 책 중에도 이 작가가 번역한 책들이 많았다. 요즘도 머리맡에 두고 한두 꼭지씩 즐겨 보는 무라카미 하루키의 에세이 『채소의 기분, 바다표범의 키스』도 이 작가가 번역한 책이었다. 어쩐지 재미있더라니! 늦게나마 이 책을 통해 훌륭한 권남희 번역가를 알게 된 건 큰 행운이 아닐 수 없다.

책 한 권으로 만난 것에 불과하지만, 내일 차 한잔하자는 연락을 해도 이상하지 않을 것 같은 친밀감이 느껴진다. 나이도 비슷하고 맘대로 되지 않는 자식 때문에 속을 끓이면서 일과 삶을 사랑하며 소소하게 살아가는 모습이 한없이 정겹다. 게다가 찰지고 익살스러운 특유의 유머 감각으로 툭툭 치고 들어오는 매력은 또 어떻고. 아무리 번역을 많이 했지만, 자식의 마음은 번역이 안 된다며 엄살을 떠는 모습은 귀엽기까지 하다. 봄 햇살 아래 앉아 꽃망울 터지듯 참을 수 없는 웃음을 터뜨리며 유쾌한 수다를 실컷 떨다가 작가가 좋아하는 생과일주스를 마시러 가도 좋겠다.

책 속에 소개한 마스다 미리의 『마음이 급해졌어, 아름다운 것을 모두 보고 싶어』와 『어느 날 문득 어른이 되었습니다』도 얼른 보고 싶어졌다. 어쩜 제목도 이리 내 얘기 같은지?

어느 날 문득 백수가 된 내 마음이 급해졌다. 세상의 모든 신기하고 아름다운 것이 보고 싶어서.

밥 냄새 나는 책

"이 순간 지구에서 할 수 있는 근사한 일 몇 가지는 다음과 같다. 파리 라세느에서 샤또 마고를 곁들인 오리요리를 먹는 것, 그리스 산토리니의 해안에서 지중해의 풍광을 온몸으로 느끼는 것, 인도 바라나시의 들판에 누워 밤하늘을 보며 잠드는 것, 오스트리아 국립극장에서 비엔나 필이 연주하는 모차르트를 듣는 것, 몰디브의 푸른 물속에 자신의 전부를 담그는 것, 삿뽀로의 폭설을 지켜보며 북해도 대게를 맛보는 것, 그리고 돌아와 함민복의 시를 읽는 것이다. 이 중 한 가지를 또 고르라면 주저 없이 '함민복을 읽는 일'을 선택할 것이다. 가장 근사한 일이란, 모쪼록 그런 것이라고 나는 생각한다. 이 지구에서."

함민복 시인의 산문집 『미안한 마음』에 대한 소설가 박민규의 추천사다.

앞에 나열한 것들의 근사함은 경험한 바가 없기에 전혀 알 수 없지만, 가장 근사하다는 함민복을 읽는 일의 근사함에 대해서는 이제 말할 수 있게 되었다. 얼마나 따스하고 아련하고 순하고 아름다운지. 근사함이란 꼭 멋지고 화려한 게 아니라 온도에 따라 울음소리를 달리 우는 귀뚜라미나 고욤나무의 그림자처럼 작고 소박한 것들에게 온 마음을 기울이는 것임을 알았다.

함민복 시인은 내가 사는 충주 출신으로 생가가 어디인지도 알고 있는 유명한 시인이다. 언젠가 우연한 지역 문화 행사에 고향 작가로 초대된 시인을 먼발치에서 본 적이 있다. 유난히 수줍어하던 목소리와 부끄러워 어쩔 줄 몰라 하던 그의 몸짓이 아직도 기억에 생생하게 남아 있다. 며칠 전 들른 도서관에서 그의 시집이 아닌 산문집이 눈에 들어와 빌려 온 책이 2006년도에 발간된 이 『미안한 마음』이다.

고향에서의 어릴 적 추억과 어머니를 향한 미안함과 그리움, 지독한 가난과 강화도에서의 투박한 정이 묻어나는 일상을 담백하게 그리고 있다. 책 제목인 『미안한 마음』은 어머니에 대한 미안한 마음일 수도 있고 시인으로서 자신의 시에 대한 책임감에서 나온 마음일 수도 있다는 생각이 든다. 자신이 함부로 쓴 시 구절이 사람들 마음이나, 나무들 생각이나, 새들의 눈빛을 다치게 하지는 않았을지에 대한 반성에서 우러나오는 섬세하고 보드라운 마음 말이다.

읽는 내내 내가 자란 시골 들판의 풍경과 아련한 추억이 겹쳐져 자주 책장을 덮고 스르르 눈을 감은 채 추억에 젖었다. 나도 모르게 흠뻑 추억에 빠져들 수 있다는 것 또한 이 책의 근사함일 것이다. 먹물이 묻은 듯한 책 표지를 가만히 쓰다듬다 보면 어디선가 갓 지은 밥 냄새가 풍겨 오는 듯하다. 엄마가 차려주던 금방 한 밥에서 나는 구수하면서도 약간 슬퍼지는 그런 냄새 말이다. 세상에서 가장 슬프면서도 무겁고 창백한 아름다움에 목이 메는 게 있다면 그건 밥이 아닐까 싶다.

시인의 문장 하나하나가 아득하게 먼 시간으로 자꾸 나를 이끌며 우툴두툴 서걱거리는 마음을 말캉거리는 밥알처럼 부드럽게 만든다. 아마도 시인의 시 중 「긍정적인 밥」이라는 시가 떠올라서 그런지도 모르겠다. 뭔가 욕심이 일고 삶이 마음대로 되지 않는 날에 혼자 조용히 외워 보면 겸손하고 따뜻한 마음이 서서히 차오르게 되는 시다. '그래, 이만한 게 얼마나 다행이야. 이 정도면 됐지, 뭘 더 바라?' 하는 마음으로 씩씩거리는 마음을 다독이게 된다. 무한 긍정이라는 밥을 배불리 한 그릇 먹은 느낌이랄까. 그 포만감으로 매사 넉넉하고 너그럽게 '그래그래~.' 하며 고개를 끄덕일 수 있게 된다.

시인이 동네 형들과 해 질 무렵에 자주 마신다는 석양주. 불현듯 나도 한번 그 자리에 끼어 보고 싶단 생각이 든다. 여리고 나약한 것들과 가난하고 착한 것에 깃들어 있는 슬픔과 안쓰러움에 대하여, 바람에 쓰러지면 곁뿌리를 내짚고 일어서는 옥수수와 매번 수작을 걸어오는 봄에 대하여 횡설수설 긴긴 이야기를 나누고 싶다. 시인과 만나 한잔하다니. 생각만 해도 근사하다. 이만한 근사함이 또 있을까. 이 지구에서.

차분하고 잔잔하게 마음을 잠재우고 싶을 때, 소박하고 순수한 마음으로 돌아가고 싶을 때, 그리고 내가 살아오면서 함께했던 모든 것에게 문득 빚진 마음으로 미안해질 때, 집어 들기에 맞춤인 책이다.

베르나르 베르베르 님, 참 대단하시군요!

개미의 작가 베르나르 베르베르의 책을 읽고 있다. 처음 쓴 자전적 에세이다. 세계적으로 유명한 소설 『개미』가 탄생하기까지의 드러나지 않았던 스토리가 재미를 더하며 흡인력 있게 전개된다. 어릴 적부터 현재까지 인생 굽이굽이마다 타로카드에 빗대어 전개해 나가는 방식이 더없이 신선하고 매력적이다. 여느 책보다 가로 세로 크기는 다소 작지만 제법 두께가 있는 책인데도 페이지가 저절로 술술 넘어갈 정도로 흠뻑 빠져든다. '내가 벌써 이만큼이나 읽었어?' 하고 혼자 자주 놀라곤 한다.

어쩌면 이렇게 자기 이야기를 써도 재미있게 쓸 수 있는지, 그가 만난 모든 사람이 필연적이고 그를 세계적인 대작가로 만들기 위해 만나도록 운명 지어진 사람들 같았다. 누구 하나 없어도 되는 사람이 없었다. 하물며 발밑을 지나는 작은 개미 한 마리조차도.

소설 『개미』에 대한 그의 집념은 실로 어마어마했다. 무려 책으로 출간된 게 열다섯 번째 쓴 버전이라니, 대작은 그냥 만들어지는 게 아니었다. 그 수많은 거절 메시지를 벽에 걸어 놓고 다시 쓰고 다시 쓰고 또다시 쓰다니, 그 강인한 도전 정신과 포기할 줄 모르는 의지에 절로 입이 떡 벌어졌다. 이 책을 읽지 않았다면 소설 개미가 그렇게 눈물겨운 우여곡절을 거쳐 출간되었는지 몰랐을 것이고, 작가가 그런 사람인지도 몰랐을 게 아닌가. 읽으면 읽을수록 이 책을 만난 게 너무 다행스럽고 소중했다. 작은 책 한 권에 작가의 인생이 담겨 있고 난 운 좋게도 작가의 인생 전체와 만난 셈이다. 한 사람의 빛나기도 하고 가슴 아프기도 한 엄청난 역사와 처음 만났으니 왜 흥분되지 않겠는가.

　나는 지금 삼십 대 초반의 작가를 만나고 있다. 이제야 행운이 제대로 주인을 찾았다. 그동안 수많은 거절을 당하다가 마침내 열다섯 번째 다시 쓴 버전의 소설 『개미』가 출간이 된다. 작가로서 사인회를 하고 강연을 다니는 등 바쁜 일정을 소화하는 얼떨떨한 작가의 모습이 그려진다. 너무 애썼다고, 포기하지 않고 끝까지 써 줘서 고맙다고, 당신의 그 꺾이지 않는 의지에 큰 감명을 받았다고 크게 소리쳐 전하고 싶었다.

어떻게 그 많은 버전의 개미를 다시 쓸 수 있었느냐는 질문에 작가는 간단명료하게 답한다. "쓰는 게 즐거웠으니까요." 작가는 정말 개미를 사랑하고 개미에 대해 매번 다른 버전으로 새로 쓰는 걸 즐겼다고나 할까. 그렇지 않고는 그 긴 이야기를 열다섯 번씩이나 다시 쓸 수는 없었을 것이다. 즐거워서 썼다는 작가의 진심이 한 치의 의심도 없이 고스란히 전해졌다. 작가에게 출판사의 거절이란 개미에 대한 새로운 버전의 소설을 한 번 더 써 볼 수 있는 절호의 기회였지 않았을까. 야호~ 이번엔 또 어떻게 써 볼까? 거절 통지서를 들고 룰루랄라 콧노래를 부르며 부리나케 책상 앞으로 달려가는 작가의 뒷모습을 상상해 본다. 뭐 이 정도면 〈세상에 이런 일이〉에 나와도 전혀 이상하지 않을 거다.

작가는 항상 누군가 지나치듯 하는 소소한 이야기나 우연히 들려오는 모르는 사람들의 수다 속에서 아이디어를 얻고 힌트를 얻는단다. 친구들의 우스갯소리조차 모두 작품의 모태가 된다고. 모든 시간이 작품을 위하여 자료를 수집하고 이야기를 구상하는 순간인 셈이다. 일상이 전부 작품을 위한 작품의 시간이 된다. 모든 감각을 소설의 재료를 얻는 데 예민하게 촉을 세우고 끊임없이 공부하고 꾸준히 자기만의 세계를 구축해 나가는 작가의 삶을 어떻게 표현하면 좋을까? 위대하다는 말도 대단하다는 말도 타고났다는 말도 턱없이 부족하게 느껴진다. 내 빈곤한 어휘로는 흡족한 말을 도저히 찾을 수가 없다.

작가가 쓴 소설로 작가를 만나는 것도 재미있지만, 작가의 자전적 에세이야말로 작가의 삶을 다정하고 친밀하게 들여다볼 수 있어 좋다. 책을 다 읽은 후 아무렇지 않게 차나 한잔하자고 연락해도 이상하지 않을 만큼 부쩍 가깝고 친한 사이가 된 듯 느껴진다. 이 책을 다 읽고 소설 『개미』를 다시 한번 읽어 볼 생각이다. 에세이를 통해 알게 된 부분들을 상기하면서 읽으면 훨씬 더 재미가 넘쳐 날 것이다.

이래저래 좋은 읽을거리가 많아 행복한 요즘이다. 누군가 그랬던가. 독자만큼 행복한 사람이 없다고. 단, 작가가 되려고 하지 않는다면 말이다. 약간에 비용을 지불하기만 하면 언제든 훌륭한 작가가 쓴 기발하고 새롭고 재미가 줄줄 흘러넘치는 책을 맘껏 볼 수 있는데, 굳이 내가 책을 쓸 이유는 뭐란 말인가. 지금 이 순간도 수많은 작가가 내 읽을거리를 위해 밤잠 못 이루며 쓰고 있다고 상상해 보라. 오우! 정말 행복한 세상 아닌가.

나이 먹고 체하면 약도 없을까

우리가 살면서 가장 꾸준히 한 일은 무엇일까?

"태어나서 지금까지 가장 열심히, 꾸준히 한 일이 바로 '나이 먹는 일'이었다."고 『나이 먹고 체하면 약도 없지』의 작가 임선경은 말한다. 처음에는 맛도 모르고 허겁지겁 집어 먹기 바쁘다가 갱년기의 한복판에서야 비로소 '나이 먹는 일'에 대해 곰곰 생각해 보게 되었고, 어떻게 먹어야 체하지 않고 잘 먹을 수 있을지에 관한 생각을 모은 책이라고 밝히고 있다.

우선 시작부터 끝까지 재미있고 유쾌하고 발랄하다. '맞아, 맞아.' 맞장구치며 웃다 보면 259페이지나 되는 책이 벌써 마지막 장이다. 오십 대라는 나이가 버겁고 불안한 사람들에게 '나이에 체하면 약도 없어. 그러니 잘 먹어야 해~.' 하며 마음을 토닥이고 살살 문질러 주는 약손 같은 책이랄까? 커다란 공감과 위로로 인생의 반환점을 발랄하고 경쾌하게 돌도록 든든한 손을 내어주는 책이다.

'늙어 갈 순 있지만 젊어 갈 순 없다니.' 하며 나이 듦에 대해
통탄을 하지만, 전혀 쓸쓸하거나 외롭지 않다. 오히려 귀를 뚫
고 예쁜 귀걸이를 사겠다고 마음먹는 등 나이 먹고서야 비로소
찾게 된 자유를 오롯이 즐기며 가슴 뛰는 갱년기를 희망한다.
오십을 앞두고 오래전부터 하고 싶었던 '그림 배우기'를 시작했
으며, 그림책을 쓰고 그리는 할머니가 꿈이라고 말한다.

우리가 마지막에 가져갈 수 있는 것은 기억뿐이고 기억은 수
집되는 것이니, 모든 순간을 흘려보내지 말고 잘 기억하라고.
그 순간의 기억이 바로 특별하고 잊을 수 없는 내 인생을 만드
는 거라고 조언한다.

엄마가 돌아가시고 몇 년 후 아빠마저 돌아가셔서 친정이라
고 불릴 만한 곳이 남아 있지 않은, 고아로서의 상실감을 풀어
놓은 '오십 대 고아의 진짜 외로움' 부분에서는 같은 오십 대 고
아로서 나도 모르게 눈물을 쏟고 말았다. 작은 성취를 백배 천
배 튀겨 자랑스러워해 주는 부모님이 안 계시니 좋은 일이 생길
때마다 오히려 더 허전하고 쓸쓸해지리라는 예감, 그것이 바로

50대 고아의 진짜 외로움이라고 말한다. 글쎄, 나는 20대에 이미 고아가 되었다. 고아로 살아온 세월이 그렇지 않은 세월보다 길다. 소리 내 부르지 못하고 안으로 삼킨 '엄마'라는 말이 내 안에 몇 톤은 쌓였을 테다. 자신을 감싸고 있는 따듯하고 아늑한 세계 하나를 일찌감치 상실한 사람은 늘 더 춥고 더 외롭다. 크든 작든 뭔가 성취를 이루며 살아온 삶은 못되지만 그래도 엄마가 없어도 되는 때는 한순간도 없었다. 그럴 리는 없겠지만 언제 작가를 만난다면 말해 주고 싶다. 50대 고아의 진짜 외로움은 20대 고아의 지독한 외로움에 비하며 이도 안 났다고, 그렇지만 모든 외로움은 지극히 개인적이고 개별적이며 고유한 것, 당신의 지독한 외로움에 진심을 담아 위로를 보낸다고.

아이들이 자라고 남편의 지방 발령으로 작가는 그토록 원하던 '내 방'이 생겼다며 내 방이 생긴 지금이 인생에서 가장 자유로운 시기를 맞는 거라고 털어놓는다. 겨우 생긴 내 방이 없어지지 않도록 잘 지킬 것이며, 혼자 지낼 수 있는 내 방에서 기꺼이 외로워하겠다고도 말한다. 나도 어렵사리 내 방을 가진 게 얼마 전이고, 내 방이 있는 사람의 삶과 그렇지 않은 사람의 삶이 얼마나 다른지 누구보다 잘 알고 있기에 작가를 진심으로 응원했다. 부디 그 방에서 '그림책을 쓰고 그리는 할머니'로 늙고 싶다는 멋진 꿈도 꼭 이루길 바라는 마음도 듬뿍 보냈다.

'오십 대를 넘겼거나 오십 대인 사람들, 그리고 오십 대를 맞을 사람들이 체하지 않고 어떻게 나이를 잘 먹을까?', '그래도 체한다면 내게는 뭐가 약일까?'를 생각하며 읽는다면, 재미도 있고 의미도 있는 좋은 책이 될 것이다. 전혀 무겁지도 않고 그렇다고 아주 가볍지도 않게 말이다.

하지만 제일 추천하고 싶은 사람은 '요즘 도통 웃을 일이 없네~.' 하며 우울한 갱년기를 지나고 있는 사람이다. 일단 책을 펴면 두세 장에 한 번씩 까르르 웃음을 터뜨리게 되고, 그다음엔 마음이 저절로 유쾌하게 풀어지면서 이런 생각이 들 것이다.

'에구, 얼마 만에 이렇게 웃어 보는 거야? 그동안 내가 나이를 허겁지겁 먹어 체했구나. 나이 먹고 체하면 약도 없다는데. 그래, 이제부터는 천천히, 오래오래, 꼭꼭 씹어 먹어 봐야겠어!'

나는 나대로 산다

  사람 바뀌지 않는다는 말은 맞는 말인 듯, 오랜만에 만난 k는 조금도 달라지지 않았다. 정년퇴직했으니 조금은 헐렁하고 여유 있게, 쉬엄쉬엄 생활하리라 생각한 내가 머쓱할 정도로 여전히 바쁘고 활기차 보였다. 새로운 분야의 공부를 시작하고 꾸준히 고전을 읽으며 하루도 거르지 않는 운동과 악기 연주까지, 정말 시간을 쪼개 가며 열심히 살고 있었다. 매일 하는 일 하나 없이 세상 한가하게 여기저기 기웃거리고 어슬렁대며 백수 티를 풀풀 풍기며 사는 나와는, 달라도 너무 달랐다.

  k는 나와 같은 직장을 다니면서 대학원을 다니고 박사 학위를 취득했다. 아무리 박사가 흔하고 많다지만 그 공부가 결코, 쉽지 않다는 걸 모르는 사람은 없을 것이다. 더구나 낮에는 직장 일을 완벽하게 해내면서 말이다. 그런 시간을 십 년 넘게 묵묵히 인내하며 뚝심과 끈기로 버텨 냈다. k가 박사 학위를 취득해 전 직원 앞에서 축하를 받던 날, 내가 다 감격스러워 눈물을

쏟았다.

　그 후 k는 재직 중에도 야간에 대학원생 강의를 맡았고, 그 와중에 플룻 레슨을 받고 하루도 빠짐없이 요가 수업에 참여했다. 틈틈이 책은 또 얼마나 많이 읽는지, 종종 만나 이야기를 나눌 때면 철학적인 심오한 이야기로 나를 당황케 했다. 시간을 분초 단위로 아껴가며 살아가는 k가 대단하고 존경스러웠다. 그렇지만 한편으로는 '조금은 멈추고 쉬어 가는 여백을 가지면 어떨까.' 하는 생각에 안타까운 마음이 들기도 했다.

　부끄럽지만 정성껏 사인한 내 책을 k에게 선물했다. 소소한 일상을 기록한 에세이라, 늘 학문을 연구하고 깊이 있는 사고에 익숙한 k에게 공감을 얻기는 무리라고 생각했다. 하지만 오랜만에 만났고, 그동안 내 안부에 대한 긴 대답이라고 생각하며 건넸다.

　역시 k는 빨랐다. 집에 돌아와 몇 시간 지나지 않아 독후감이 날아들었다. 긴긴 메시지를 몇 개로 나눠 보냈다. 애정과 격려가 듬뿍 담겨 있었다. 평범하고 쉬운 문체라 읽기 편해 좋았고 '나도 한번 글을 써 볼까.' 하는 생각이 들었다고. 그러면서 k

답게 조언도 잊지 않았다. 삶의 본질을 꿰뚫는 건조한 철학 서적을 정독해 삶을 바라보는 시선에 깊이를 더했으면 좋겠다며, 다음 책이 기대된다는 격려로 메시지를 마무리했다. 역시나 내 책이 그다지 삶을 꿰뚫어 보는 '깊이'가 없음을 넌지시 일러 주었다.

뭐 처음 듣는 얘기도 아니고 내가 내 책의 깊이를 모르는 바도 아니기에 새삼스러울 건 없다. 다만, 감추고 싶은 부끄러운 부분을 들켜 버린 듯 얼굴이 달아올랐다. 하지만 뭐 어쩌랴. 이게 나인 걸. 부족하고 모자라지만 일단 저질러 놓고 보는 행동형 인간이 나인걸. 완벽하게 준비해서 깊이 있는 책을 내려고 했다면 평생 내 이름으로 된 책은 세상에 나오지 못했을 것이다.

k에게서 또 어떤 조언을 듣게 될지 모르겠지만, 나는 앞으로도 두 권의 책을 더 발간하는 무모한 용기를 발휘할 예정이다. 아마 이 책들도 '깊이'는 그다지 없을 게 뻔하다.

다소 지루하고 심심한 일상을 나만의 언어와 문체로, 그저 발등을 덮을 만한 '얕은 깊이'로 진심을 담아 쓸 계획이니까. 감동을 주지 못해도, 공감을 얻지 못해도 하는 수 없다. 그저 꾸준히 지치지 않고 삶이 나를 속일지라도 슬퍼하거나 노여워하지 않으면서 계속 쓰는 게 목표다. '부지런한 꾸준함을 발휘하다 보면 뭐가 되도 되겠지.' 하는 긍정적이고 단단한 마음으로 무작정 덤벼 보는 거라고나 할까. 누구의 시작인들 그리 찬란하고 완벽하기만 하겠는가. 지금 형편없이 부족하다면 다음엔 덜 형편없이 부족하기만을 바랄 뿐이다.

나는 앞으로도 내 방식대로 헐렁하고 허술하게 살아갈 것이다. 한껏 게으름도 피우고 빈둥빈둥 자유롭게 백수의 달콤함도 즐기면서 말이다.

또한 마음이 가는 일이라면 완벽을 핑계로 주저하거나 미루지 않고 뭐든 과감히 행동으로 옮길 작정이다. 어차피 난 늘 부족하고 불완전한 존재일 테니까. 내가 할 수 있는 건 그저 나만의 속도와 보폭으로, 나만의 빛깔과 향기로 담백하게 주어진 삶을 살아 내는 것뿐이다. 모든 순간 나답게!

꾸준함을 꾸준히

    내 글쓰기에 담겨 있는 간절함과 절실함의 무게는 얼마나 될까. 생계가 달려 있지 않으니 그리 무겁지도 비중을 크게 차지하지도 않으리라. 해도 그만 안 해도 그만인데 하면 더 좋은 그 언저리쯤이 아닐까. 그러니 나의 글쓰기가 조금도 나아지지 않고 늘 그 자리에 멈춰 있는 건 어쩌면 당연한 일이지 싶다. 뭐든 앞으로 밀고 나아가는 힘찬 동력으로 절실함과 간절함만 한 것이 없을 테니까.

    요즘 작가 이슬아의 책에 푹 빠져 있다. 나보다 스물세 살 어리다. 읽으면 읽을수록 나이는 정말 하나도 중요하지 않다는 생각이다. 글이 탄탄하고 배짱도 있고 뚝심이 느껴진다. 사람을 바라보는 눈은 한없이 다정하고 따스하다. 사회를 바라보는 눈은 날카롭고 냉정하다. 삶을 바라보는 통찰력은 예리하게 핵심을 관통한다. 보는 내내 소리 내 반복해 읽은 곳이 수두룩하다. 필사하고 싶은 부분이 자주 나와 책장이 그 어느 때보다 천천히 넘어갈 수밖에 없었다. 종종 글에 감탄하며 작가의 얼굴을 한 번 더 보느라 앞 책날개도 여러 번 열어젖혔다.

작가가 처음 글쓰기를 시작한 건 대출받았던 대학 등록금을 갚기 위해서였다. 우리나라 출판계에 글 배달 시스템을 맨 처음 시도한 것도 이슬아 작가다. '일간 이슬아'로 하루에 글 한 편씩 을 메일로 배달하고 구독료로 월 만 원씩 받는 시스템이다. 처음엔 스무 명만 참여해도 좋겠다고 생각했지만, 예상외로 반응이 좋았단다. 대학 시절부터 글쓰기를 좋아해 꾸준히 써 왔고 틈틈이 글쓰기 교사로 아이들을 가르친 경험이 있었기에 가능했으리라.

왜 구독료가 월 만 원이었느냐는 인터뷰 질문에 작가는 대답한다. 한 달에 스무 편 정도를 배달하니 한편에 오백 원씩으로, 가볍게 독자와 소통하며 포기하지 않고 오래 쓰자면 그 정도가 적당했다고. 더 비싸면 날마다 쓰는 게 부담스러웠을 거라고. 너무 명쾌하고 솔직했다. 합리적이고 겸손했다. 글쓰기도 노동이고 작가도 글쓰기 노동자임을 묵묵히 인정하고, 노동으로써 글쓰기를 계속해 가고자 하는 작가의 단단한 의지가 느껴졌다.

누드모델에 글쓰기 교사, 글쓰기 프리랜서 등 작가가 거쳐온 다양한 이력만 봐도 작가가 얼마나 돈을 벌어야 했는지, 작가에게 얼마나 돈이 절실했는지가 느껴진다. 이 돈은 속물적이고 천박한 욕심이 묻어나는 돈이 아니다. 인간답게 최소한의 삶을 이어 가고 주체적으로 생계를 꾸려 나가기 위한 처절한 몸부림을 대신하는 신성하고 준엄한 수단으로써의 돈이다.

인터뷰를 마무리하며 작가는 말한다. 그때는 살기 위해 글을 써야 했다고, 오늘 당장 내가 글쓰기를 멈추면 내일 밥을 먹기 힘들어질 수도 있다는 위기감과 절박함이 나를 밀고 끌며 등을 떠밀었다고. 이것이야말로 작가를 훌륭한 작가로 만든 힘찬 원동력이었을 것이다. 끝내 이슬아는 손꼽히는 유명한 작가가 되었고, 여러 권의 책을 낸 출판사 대표가 되었다. 그녀의 눈물겨운 노고와 당당함에 있는 힘껏 박수를 보낸다.

내가 작가의 책에 더할 수 없는 애정을 느끼는 점은 또 있다. 바로 그녀의 엄마 이름이 나와 같은 복희다. 작가가 수호신으로 부르는 복희 씨다. 복희 씨는 나보다 한 살 더 많다. 작가의 글에서 복희 씨를 언급하는 부분이면 나도 모르게 눈이 더 번쩍 뜨이고 집중하게 된다. 말도 안 되는 상상도 해 본다. 작가가 내

딸이고 지금 작가가 말하는 복희 씨는 바로 나라고. 흐흐흐 작가와 같이 글도 잘 쓰고 야무지고 속 깊은 딸이 실제로 있다면 얼마나 좋을까. 상상만으로도 행복하고 감격스럽다.

이슬아 작가의 또 다른 책들을 모두 골라 읽을 책 목록에 추가한다. 작가의 생각과 사회를 바라보는 시선 그리고 사람을 대하는 온기와 담담한 문장들을 닮고 싶어서다. 미사여구도 없고 느끼하지도 않다. 화려하지도 애써 과장하지도 않는다. 그저 당당하고 자신 있게 생각과 바람을 주장하고 드러낸다.

작가의 책을 읽은 후 비건 이슈에 관해서도 관심 두게 되었다. 공장식 축산의 야만성과 잔인함에도 눈이 뜨였다. 부끄럽게도 플렉시테리언(flexitarian, 채식을 하지만 아주 가끔 육식을 겸하는 준 채식주의자)이나 페스코 베지테리언(pesco-vegetarian, 채식을 하면서 유제품, 가금류의 알, 어류는 먹는 채식주의자) 같은 용어도 처음 접하게 되었다. 인간 동물과 비인간 동물로 사람과 동물을 구분하는 작가를 통해 나는 인간 동물의 한 사람으로서 먹고 숨 쉬고 배출하는 가장 기본적인 삶 자체가 지구에 어떤 영향을 끼치고 있는지에 대하여 진지하게 고민하게 되었다. 따지고 보면 인간이나 짐승이나 별 차이 없는 같은 동물끼리 먹고 먹히는 폭력적이고 야만적인 관계를 형성하고 있다는 사실에 대하여도.

좋은 글이란 어떤 글일까. 오랫동안 익숙하던 게 갑자기 낯설게 보이고, 너무나 당연하던 게 문득 이상하게도 생각되면서 크고 작은 질문들이 하나둘 생겨나는 것, 나로 시작해 우리로, 세상으로 시야가 확대되고 안목이 깊어져 더 많은 것을 보고 다양한 질문을 던지게 되는 것, 나를 더 오래 더 깊게 바라보며 조금씩 행동으로 변화를 시도하려는 마음이 들게 하는, 그런 글이 아닐까. 작가의 글에 감탄하며 나도 이런 좋은 글을 쓰고 싶다는 욕심이 가당찮게 꿈틀거렸다.

내 마음을 어떻게 알았는지 작가는 친절하게 말한다. 글쓰기에 관하여 재능 없음에 절망하기보다는 부지런한 꾸준함을 발휘해 보라고, 꾸준함 없는 재능은 쉽게 힘을 잃고, 재능 없는 꾸준함이 의외로 막강한 힘을 발휘한다고. 재능은 선택할 수 없지만 꾸준함은 선택할 수 있다고 강조한다.

세상에 어쩜, 지금 나에게 부족한 게 뭔지 어떻게 알고 이렇게 꼭 필요한 말로 위로를 주는 걸까. 훌륭하게 잘 자란 딸이 부족한 엄마를 위해 진심으로 건네는 말인 듯 작가의 말을 전적으로 신뢰하며 실천해 보리라 마음먹는다. 더는 재능 없음을 탓하지 말고 글쓰기에 대한 간절하고 절실한 마음으로 꾸준함을 선택해 봐야겠다. '그 꾸준함을 꾸준히 발휘하다 보면 막강한 힘이 생길 테고 언젠가는 재능이 되는 날도 오겠지.' 하는 믿음으로 말이다.

힘내자, 글쓰기!

오랜만에 노트북을 열었다. 그동안 한 자도 쓰지 못했지만, 머릿속에서는 늘 글이 둥둥 떠다녔다. 아침에 잠에서 깨면서도 머릿속에 그려지는 건 이러저러한 글감이었다. 거의 완성된 문장을 그리다가도 막상 일어나면 어느새 흔적도 없이 사라진다. 글을 써야겠다는 의지와 의욕은 있으나 더 잘 쓰고 싶다는 욕심과 부담감이 쓰려는 내 손목을 낚아챈다. 무슨 멋진 글감이라도 있느냐고, 그저 시답잖은 일상을 주저리주저리 늘어놓기만 하는 볼품없고 시시한 글은 차라리 안 쓰는 게 낫다고, 나를 비웃고 조롱한다. 내 자존심을 북북 긁으며 절망케 한다. 글이 되지 않는 상념들은 스트레스가 되어 날마다 먼지처럼 쌓인다. 왠지 모를 불안과 두려움은 쑥쑥 커져 끝내 허기가 된다. 먹어도 먹어도 채워지지 않는 공복감, 먹을 걸 끌어안고 잠시도 입을 쉬지 않는다. 그러면 그럴수록 배는 점점 고파진다.

이런 게 슬럼프인가. 작가도 아닌 내게 웬 슬럼프? 글이 쓰고 싶고 글감도 넘치는데도 불구하고 전혀 쓰지 못한 긴 시간 동안 나는 다른 사람을 바라보듯 찬찬히 나를 바라보았다. 내가 어떤 사람인지, 글이 나에게 어떤 존재인지. 마치 담배를 끊고 금단 현상을 겪고 있는 사람을 관찰하듯이.

글을 쓰지 않으면 일단 나는 불안하다. 심리적으로 안정이 되지 않고 일상생활을 차분하게 해낼 수가 없다. 뭔가 잃어버린 듯한 상실감과 제대로 내 삶을 살아 내지 못하고 있다는 자괴감이 아프게 나를 괴롭힌다. 뭘 해도 집중할 수가 없어 건성건성하게 된다. 중요한 걸 미뤄 둔 채 딴전을 피우는 느낌이랄까. 시험 전날 공부 대신 친구와 놀러 나갈 때의 복잡하고 꺼림직한 감정처럼 말이다. 아무리 신나고 즐거운 것을 해도 흠뻑 빠져들 수가 없다. 마음속 어느 한 귀퉁이에서 말없이 빤히 나를 바라보는 말똥거리는 눈동자가 있는 듯하다. 어서 그 눈동자가 원하는 걸 해 줘야 마음 편하고 낫겠다는 생각이 저절로 든다.

글을 쓰지 않는 동안 나는 유난히 인터넷 쇼핑에 매달린다. 연기처럼 피어오르는 불안은 나를 쇼핑으로 유혹한다. 자주 들여다보니 사고 싶은 욕망이 생기고, 금세 자제력에 한계가 찾아온다. 날마다 띵동띵동 택배 도착 알림음이 울린다. 주문할 때는 꼭 있어야 할 물건이라는 확신에 차지만, 주문하고 택배를 기다리고 받아서 뜯는, 그 순간의 기쁨과 설렘이 고작이다. 며칠 지나지 않아 '이걸 내가 왜 샀지?' 하는 것이 대부분이다.

내가 불안할 때 쇼핑을 선택하는 이유는 단순하다. 너무도 흔쾌히 내 말을 잘 들어주기 때문이다. 돈을 지불하기만 하면 네네~ 하면서 언제든 친절하고 상냥하게 냉큼 들어주지 못해 안달이다. 편안하게 불안을 잠재우고 욕망을 채우며 존재감과 힘을 과시할 수 있는 수단으로 내게 쇼핑만큼 쉬운 게 있을까. 가뜩이나 좁은 집에 자꾸 쌓여만 가는 불필요한 물건들로 내 공간을 침해당하는 불편함과 줄어만 가는 통장 잔액은 감수해야 겠지만 말이다.

글을 쓰지 않을 때 문제는 또 있다. 신경이 날카로워진다는 것이다. 이는 나 개인의 문제만이 아니다. 종종 가족 간의 살벌한 갈등으로 번져 가정의 평화가 깨지곤 한다. 제일 치명적이다. 성난 고슴도치처럼 잔뜩 가시를 세운 채 '어디 걸려들기만 해 봐라.' 하는 태도로 가족을 보니 백발백중이다. 무심하게 보아 넘길 일은 세상에 하나도 없다. 일일이 지적하고 낱낱이 따지고 뼈에 붙은 고기를 발리듯 하나도 빠짐없이 짚고 넘어가야

직성이 풀린다. 그러니 가족 모두 보통 피곤한 게 아니다.

최근 글을 쓰지 않고 보낸 시간 동안 아들과는 말도 안 했고 남편과도 데면데면해졌으며 배송 중인 쇼핑 목록은 늘어만 갔다. 삶은 땅콩과 뻥튀기가 잔뜩 담긴 바가지를 끌어안고 무표정하게 휴대폰으로, 본 뉴스를 또 보다 지치면 쇼핑을 한다. 도서관에서 빌려 온 책도 있고 지인이 읽어 보라며 건네준 향토 작가의 수필집도 네 권이나 있는데 좀처럼 손에 잡히지 않는다.

글을 써야 하는데, 지금의 내 심정을 누군가에게 세세히 고해바치듯 속 시원하게 써야 하는데, 왜 좀처럼 시작을 못 하고 있는지, 뭐가 내 마음을 주저하고 머뭇거리게 만드는지, 생각만 복잡하게 하고 있다. 이쯤 되면 내게 글쓰기란 원만한 가정생활과 평온한 마음 수련 그리고 분별 있는 일상생활을 위한 치료약 수준이다. 평생 하루에 한 알씩 꼭 먹어야만 그럭저럭 살 수 있는, 그런 고마운 존재 말이다.

그러니 내가 글쓰기를 하는 이유는 평범한 일상을 살기 위함이라고 할 수 있다. 쉴 새 없이 먼지처럼 쌓이는 나의 불안과 두려움에 관하여 쓰고 또 씀으로써 떨쳐내는 훌륭한 도구로, 혹은 평온하고 고요하게 마음을 다스리는 둘도 없는 무기로 글쓰기만 한 것이 없기 때문이다. 더구나 가정의 평화를 지키고 지나친 쇼핑으로 휘청거리는 가정 경제를 바로잡기 위해서라도 말이다.

멋진 작가가 부럽기도 하지만 당치 않은 욕심은 부리지 않는다. 얼마 전 만난 『나의 아름다운 할머니』라는 책을 펴낸 심윤경 작가처럼, 책을 낸 후 여기저기 북 토크에 참여한다면 얼마나 황홀할까. 별거 아닌 작가의 말에 까르르 까르르 웃어 주는 젊은 독자와 깊이 있는 질문을 진지하게 해 주는 할아버지 팬까지, 저자 사인을 받겠다고 책을 들고 들뜬 어린애 같은 표정으로 길게 늘어선 줄을 보는 느낌은 어떨까. 경험이 없으니 어렴풋이 상상만 해 보지만 앞으로 평생 알지 못할 감정이란 걸 순순히 인정한다.

나는 그저 청소를 위해 청소기가 필요하고, 빨래를 위해 세탁기가 필요하듯 내 마음을 가지런히 정돈하기 위해 글쓰기가 필요할 뿐이다. 날마다 청소하고 빨래를 해야 살 수 있듯 나도 날마다 써야 살 수 있다는 걸 이제야 절실히 알게 되었다.

특별히 마음을 먹을 필요도 없고 특별한 글감이 있어야 할 이유도 없다. 잘 쓰려는 욕심이나 다짐 같은 건 아예 필요치 않다. 그저 청소기를 돌리고 세탁기의 시작 버튼을 아무 고민 없이 무심하게 누르듯, 그저 가벼운 문장으로 마음을 쓰다듬으면 그만이다. 어떤 생각으로 하루를 살아 냈는지, 내가 통과한 시간의 질감이 투박했는지 말랑거렸는지, 어떤 좋은 냄새가 났는지 솔직하게 쓰면 된다. 간혹 잘 써지는 날도 있을 테고, 그렇지 않은 날도 있을 테지만 내일 또 쓸 거니까 조금도 문제 되지 않는다. 오늘 덜 털린 먼지는 내일 청소할 때 털면 되듯이.

이제 글쓰기를 억지로 외면한 채 불안하게 허둥거린 시간을 서서히 정리해야겠다. 이만하면 내가 왜 글을 써야 하는지 충분하지 않은가. 배고프면 밥을 먹고, 졸리면 잠을 자는 것처럼, 불안이 찾아오면 그 불안에 관하여 쓰는 수밖에 없는 것이다. 힘내자, 글쓰기!

제4부

부산
일주일살이

부산에서 일주일을 시작하다 # 1일 차

　남편과 둘이 낯선 곳에서 일주일 살아 보기 여행으로 부산에 왔다. 시청과 경찰청, 각종 공공기관이 즐비한 시내 한복판의 원룸을 빌렸다. 막상 숙소에 와 보니 가격만 보고 너무 저렴한 곳을 얻은 건 아닌가 싶게 소박하다 못해 초라했다. 맛있는 음식을 해 먹거나 빨래를 하기도 곤란했다. 심지어 차 한 잔 끓여 먹을 주전자나 전기포트도 없었다. 다시 한번 '호텔을 예약할 걸.' 하는 후회가 올라왔다. 언제나 나를 유혹하는 놀랄 만한 가격에 눈이 멀어 '싸고 좋은 건 없다.'라는 만고의 진리를 내팽개치곤 한다. 이미 발을 들여놓았으니 어쩔 수 없다. 피할 수 없으면 즐겨 보자는 각오로 그런대로 참고 살아 보기로 한다. 웬만한 건 또 흔쾌히 참아지는 게 여행이니까.

　부산에 가 볼 만한 곳을 검색하니 지하철을 갈아타고 버스를 탄 후 한참을 걸어야 비로소 도착할 수 있는 데가 대부분이었다. 차를 가져왔지만 부산 안에서의 이동은 대중교통을 이용할 계획이라 적잖이 걱정이었다. 서울처럼 지하철만 타면 어디든 손쉽게 갈 수 있을 줄 알고, 그나마 시내 지하철역에서 가까운 숙소를 고른 거였다. 그런데 부산은 서울과 달라도 너무 달랐다. 자기 차가 없으면 이동하기 힘들 뿐만 아니라 외지인은 웬만큼 두둑한 배짱이 아니면 운전하기 어려운 도로 환경을 지닌 도시였다.

짐 때문에 숙소까지 차를 가져오면서 얼마나 마음을 졸였던지. 도로가 너무 헷갈리게 되어 있어 툭하면 경로를 이탈했다며 내비게이션이 징징거렸다. 진땀이 저절로 흘렀다. 어찌어찌하여 숙소에 도착하니 너무 피로해 저녁이고 뭐고 그냥 쓰러져 눕고만 싶었다.

오늘이 부산 여행 첫날인데 왠지 조짐이 안 좋다. 앞으로 일주일, 어떻게 보낼지 걱정이 앞선다. 많이 불편하고 얼른 집에 가고 싶고, 모든 게 어설프고 맘에 안 들어 죽을 맛이다. 그래도 부산이니까. 언제 또 부산에서 이렇게 밤과 아침을 맞이하겠는가.

부산의 짭조름한 공기와 바닷가의 낭만, 갈매기 소리로 위안 삼으며 잘 지내 봐야겠다고 마음을 다독거렸다. 편하고 위생적으로 지내려면 세상에 내 집만 한 곳이 어디 있으랴.

그렇지만 낯설고 새로운 곳에서 느끼는 설렘과 두근거림은 그 무엇과도 바꿀 수 없는 소중한 것일 터, 어색한 불편함에 기꺼이 익숙해져 보리라. 나는 여행 중이니까. 지금 여기서 행복하고 즐길 준비가 충분히 되어 있으니까. 웬만한 건 그냥 웃으면서 훌훌 넘기는 여유를 발휘할 때다.

오다가 들른 통도사 입구에는 바람에 소나무가 춤을 추는 길이라는 '무풍한송로'가 있었다. 바람 부는 대로 어깨를 맞대고 자유롭게 몸을 일렁이는 소나무들의 춤사위가 한없이 부드럽고 섬세했다. 마치 구도자의 모습으로 "사는 게 뭐 별거냐. 바람 부는 대로 춤추면서 나풀나풀 가볍게 살면 그만이지." 하고 넌지시 말을 건네는 듯했다. '나도 저렇게 부드럽게 휘어지며 사람들과 손잡고 춤추듯 살아 봐야지.' 하는 마음이 저절로 들었다.

부족하면 부족한 대로 불편하면 불편한 대로 여행지에서 느끼는 자유를 맘껏 누리며 부산에서의 일주일을 가장 아름다운 한 주로 만들고 무사히 집으로 돌아가리라.

자, 내일부터 시작이다. 아니 오늘 이미 반은 시작됐다.

부산 여행의 이유, 그냥 # 2일 차

　사람들은 왜 여행을 떠날까? 시간이 많아서? 일상이 지루해서? 다시 집으로 돌아오기 위해서? 뭔가 달콤하고 낯선 기분을 느끼고 싶어서? 혹은 아무 이유 없이? 모두 나름대로 여행의 이유는 있을 것이다.

　나의 이번 부산 여행의 이유는 '그냥'이라고밖에 할 수 없다. 다분히 즉흥적이고 감정적으로 결정했다. 지난 6월 한강뷰 오피스텔에서의 서울살이가 너무 좋아서, '그럼 다음 큰 도시는 어디지?' 하는 마음으로 부산을 선택했고, 때마침 7월에 숙박료 20퍼센트 할인 이벤트를 한다는 숙소가 있기에 부리나케 예약하고 떠나온 것이다.

　딱히 부산에서 하고 싶은 것도 없었고 가 보고 싶은 곳도 없었다. '특별히 할 일이 없으면 그냥 시원한 카페에서 바다나 종일 바라봐도 되고, 맛있는 거나 실컷 먹고 와도 남는 거니까.' 하는 단순한 마음이었다.

　어슬렁어슬렁 동네나 기웃거리며 현지 주민처럼 쓰레기봉
투를 내어 놓고 시내버스를 타고 다니다 저녁이면 집으로 돌아
오듯 숙소로 돌아오는 것도 좋겠다 싶었다. 약간 피로하고 지친
모습으로. '여행이라고 마냥 좋지만은 않구나. 여행이든 뭐든
삶이란 늘 적당히 피로하고 지치는 거구나.' 하는 생각에 고개
를 끄덕이면서.

　오늘은 송도 쪽으로 방향을 잡았다. 지하철을 타고 버스를
갈아타고 송도 해수욕장에 도착했다. 더위가 장난이 아니었다.
가만히 있어도 땀이 줄줄 흘러 겉옷이 흠뻑 젖을 정도였다. 아
침을 빵으로 부실하게 먹은 터라 땀에 젖고 모기에 뜯기며 숲길
을 걷는 게 여간 힘든 게 아니었다. 나중엔 지쳐서 발걸음이 잘
떨어지지 않았다. '이러다 멀리 부산까지 와 탈진해 쓰러지는
건 아닌가.' 하는 걱정까지 들었다.

　전망대가 있다고 해서 찾아가는 데 아무리 걸어도 남은 거리
가 줄어들지 않았다. 오기가 생겨 끝까지 가자니 아무도 없이
남편과 나 둘밖에 없었다. 덜컥 겁이 났다. 그늘이 있고 사람들

이 많은, 걷기 좋은 길이 끝나는 지점에서 그냥 돌아설걸. 괜히 끝까지 간다고 고집을 피웠구나. 후회해도 소용없다. 이제 돌아가기에는 너무 멀리 왔다.

얼마 남지 않은 물을 공평하게 나눠 마시고 한 번 더 힘을 내기로 했다. 남편 얼굴이 하얗게 질려 걱정했는데 의외로 강단이 있었다. 얼마쯤 걷다 보니 점점 길이 좋아지면서 한두 사람 걷는 사람들이 눈에 들어왔다. 그제야 안심이 되면서 발걸음이 한결 가벼워졌다. 저 멀리 우리가 찾던 해상 케이블카 정거장도 눈에 들어왔다. 너무 반가웠다.

없던 힘까지 내면서 달려가 시원한 물을 마시고 간식을 허겁지겁 먹고 나니 이제 좀 살 것 같았다. 우리에게 누가 이렇게 생고생을 하라고 했던가. 순전히 나 좋아서, 자진해서 하는 고생이니 불평은 있을 수 없다. 그저 오래 남을 추억 한 자락 기꺼이 만드는 중이니, 더욱 힘내 보자고 다독이는 수밖에.

우리는 송도 바다를 멋지게 가르는 케이블카를 타고, 구름다리를 걷고, 공원에서 시원하게 휴식을 취했다. 땡볕에 무리한 활동을 한 뒤라 잠이 솔솔 유혹했다. 일찌감치 숙소 근처 식당에서 저녁을 먹고 푹 쉬기로 했다. 첫날 우연히 발견한 맛집에서 갈비찜 정식을 주문했다. 남편과 나는 말할 기운도 없어 밥 나올 때까지 입을 꾹 다문 채 휴대폰만 뒤적였다. 누가 봐도 몇십 년 된 권태로운 부부로 보였을 것이다.

맛은 좋았다. 양념이 매콤하면서도 칼칼한 게 뼈가 속속 빠졌다. 밥을 남기지 않고 한 공기 다 먹어 본 게 얼마만인지. 역시 맛있게 먹으니 기운이 펄펄 나고 말이 늘고 화색이 돌았다. 하하 호호 우리는 한없이 다정한 신혼부부가 되어 화기애애하게 식당 문을 나섰다. 역시나 완벽한 여행의 완성엔 맛집이 빠질 수 없다. '금강산도 식후경'이란 말이 괜한 말이 아니었다.

일찍 돌아와 씻고 나니 피로도 스르르 풀리고 기분 좋게 배도 부르니 일찍 쉬고 싶다는 마음이 싹 사라졌다. 우리는 옷을 갈아입고 멀지 않은 곳에 있는 시민공원으로 향했다. '시민처럼 살아 보려면 저녁 늦게 슬리퍼 끌고 어슬렁어슬렁 시민공원 한 바퀴쯤 돌아 줘야지.' 하면서 홀가분하게 나섰다.

다행히 한 번에 가는 버스가 있었다. 해 질 무렵, 낯선 곳에서 느긋하게 버스를 타는 기분도 제법 근사했다. 시민공원은 생각보다 규모가 컸다. 전체 다 돌아보려면 종일은 걸릴 듯했다. 벌써 많은 사람이 저마다의 코스로 산책하고 있었다.

호수도 있고 꽃길도 있고 분수도 있고 한 바퀴 크게 돌 수 있는 트랙도 있고, 스피커를 통해 부드럽고 달콤한 노래도 나왔다. 천천히 남편 손을 잡고 탐스러운 수국 꽃길을 산책하자니, '완벽한 저녁'이라는 예시가 있다면 지금 순간의 풍경이 아닐까.' 하는 생각이 들었다.

종이에 먹물이 번지듯 서서히 어둠이 퍼지는 공원의 모습이 더없이 편안하고 넉넉해 보였다. 하루를 마무리하며 운동하는 사람들이 뿜어내는 에너지도 힘차고 활기찼다.

남편과 나도 부산에 오래 살면서 날마다 시민공원에서 저녁 산책을 하는 사람 인양, 음악에 맞춰 구석구석 한 바퀴 돌았다. 버스를 타고 돌아오니 어느새 한밤중이다. 이렇게 부산에서의 이틀 밤이 저문다.

첫날부터 방이 불편하다고 투덜거린 게 미안해 긍정의 눈으로 둘러보니 이것저것 부실한 가운데 신통하게도 에어컨은 쌩

쌩 돌아가며 시원한 바람을 쏟아낸다. 그래, 한여름에 제일 중요한 건 에어컨이지! 이거면 됐지 뭘 더 바랄까.

남편은 야구를 보고 나는 일기를 쓴다. 낮에 숲에서 모기에 물려 울긋불긋 꽃이 핀 다리에 한 번 더 약을 바르고 잘 일만 남았다. 적당히 피로하고 적당히 불편하고 적당히 심심하고 적당히 재미있고 적당히 낯설고 또 적당히 익숙해지는, 나는 지금 여행 중이다.

나는 조금도 달라지지 못했다 # 3일 차

부산 여행 3일 차, 오늘은 금정산 등산 일정이다. 어제 자기 전까지는 지하철에 버스를 갈아타고 걸어서 다녀오는 거였다. '더운데 고생 좀 하겠다.' 했는데 아침에 갑자기 남편이 차를 가져가잔다. 산 입구까지 가는 것만도 진이 다 빠질 것 같아 아무래도 안 되겠단다. 나야 좋지만 복잡한 길을 뚫고 갈 운전이 걱정이다.

우리는 더워지기 전에 등산한다고 서둘러 7시에 숙소에서 출발했다. 역시 운전은 험난했다. 차선이 갑자기 확 줄어들어 당황케 하질 않나, 마구 밀고 들어오는 부산 아재들의 배짱 좋은 운전 실력에 움찔움찔 놀라 피하기 일쑤였다. 전국에서 외지인이 운전하기 제일 어려운 도시라는 명성이 괜히 있는 게 아니었다.

가까스로 범어사에 주차하고 금정산 등산을 시작했다. 등산

길은 무난했다. 범어사 스님들이 명상하며 오르는 길인 듯 조용히 물소리에 귀 기울이며 걷기에 딱 좋았다. 길이 너무 평지라 조금 지나면 오르막 산길이 나오겠지, 나오겠지 하면서 걷다 보니 어느새 정상에 도착했다. 아니, 이럴 줄 알았으면 좋은 길을 맘껏 누리면서 올걸. 괜히 힘든 길 나올까, 마음 졸이며 불안해하고 겁냈다. 이렇게 편한 길이 정상까지 쭉 이어질 줄이야.

정상에서 바라보는 뷰는 환상적이었다. 그 큰 부산 시내가 한눈에 들어오고 구름 한 점 없이 파란 하늘은 바다와 어우러져 어디가 바다고 어디가 하늘인지 분간이 되지 않았다. 정상이 아니면 볼 수 없는 탁 트인 멋진 풍경이었다. 그래, 힘들어도 이 맛에 산을 오르는 거지! 감탄하는 사이 바람 한 자락이 휙 다가오더니 목덜미에 맺힌 땀을 싹 훑어 달아났다. 마치 누군가 잘 올라왔다고 힘차게 부채를 부쳐 주는 느낌이랄까.

내려오는 길, 금정산의 정수인 금샘으로 가는 길이 나왔다. 블로그로 보니 금샘이 있는 곳은 밧줄을 타야 하는 난코스라고 겁을 잔뜩 줬다. 무서워 살이 떨린다나 뭐라나. 그 말에 기가 질려 남편만 다녀오고 나는 아래에서 기다리기로 했다.

혼자 앉아 있자니 우르르 몰려드는 건 먹잇감을 발견한 모기 떼였다. 무서우나 마나 그냥 용기 내 볼 걸 그랬나. 후회되기도 했다. 모기에 시달리며 여기저기 벅벅 긁고 앉아 있자니, 저 멀리 남편이 나타났다.

얼굴 가득 흐뭇한 미소를 가득 담고 자랑스럽게 말했다. 길이 너무 좋았다고, 폭신거리는 오솔길에 바위로 올라가는 밧줄은 고작 한두 발자국만 떼면 됐다고, 금정산에 올랐으면 금샘을 보고 가야지, 안 그러면 왔다 간 게 아니라고. 아니, 새벽부터 두 시간 넘게 올랐더니 금샘 하나 보지 못했다고, 뭐 오른 게 아니라고? 그러지 않아도 약간 후회하고 있던 터라 남편의 말이 무척 얄미웠다.

어쩔 수 없지. 다음에 한 번 더 올라 꼭 금샘을 보고 가는 수밖에. 남편이 찍어 온 멋진 금샘 사진을 보니 더욱 심사가 꼬였다.

나는 매사에 지레 겁을 먹고 너무 쉽게 포기하는 성향이 있는데 오늘도 유감없이 발휘하고 말았다. 일단 '도망치지 말고 직면하자.' 하는 각오로 뭐든 자꾸 부딪혀 보겠다고 다짐 다짐하지만 늘 실패한다. 하루아침에 달라질 순 없겠지만 그럴 때마다 깊은 절망감에 사로잡힌다.

그동안 아무것도 아닌 것에 미리 겁먹고 두려움에 잠식당해 잃어버린 기쁨과 놓쳐 버린 기회가 얼마였던가. 내려오는 길, 그동안의 나 자신을 돌아보며 내려오자니 자꾸 다리에 힘이 풀려 휘청거렸다. 사람 쉽게 안 바뀐다고, 그렇게 애썼음에도 나는 조금도 달라지지 못했다.

무리한 산행으로 조금 일찍 숙소로 돌아와 꿀 같은 낮잠을 즐겼다. 눈을 떠 보니 더위가 한풀 꺾이고 어느새 어둠이 찾아와 있었다. 맛집을 검색해 지하철을 타고 느긋하게 찾아갔다. 깔끔한 솥밥집이다. 아니 부산은 식당에도 모기가 있는지 여기저기 가려웠다. 옷 위로 살살 만져 보니 벌써 부풀어 오른다. 아이고, 부산 모기들이 이렇게 나를 격하게 반겨 줄 줄이야. 자자~~ 이제 그만하면 충분하다고!

벌써 여행 중반이다. 남은 일정도 사이좋게 잘 지내보자고 잔을 들어 남편과 마음을 모았다. 불편한 숙소지만 그런대로 익숙해지고 있다. 지하철도 버스도 이제 문제없이 잘 타고 다닌다. 사흘 만에 이 정도 적응하는 걸 보면 어쨌든 잘하고 있는 거다. 뭐든 나 자신을 너그럽게 토닥이고 칭찬하는 게 중요하다. '남은 일정, 더 즐겁고 재밌게 보내리라.' 다짐하며 어슬렁어슬렁 걸어서 숙소로 돌아왔다.

오늘도 남편은 야구와 〈댄스가수 유랑단〉을 번갈아 돌리며 보고, 나는 일기를 쓴다. 작은 방에 비해 유난히 화면이 큰 TV를 첫날부터 남편은 맘에 들어 했다. 부실한 숙소에서도 하나둘 좋은 점을 발견하다니, 이 또한 여행이 주는 긍정의 힘이리라.

어제처럼 모기에 물린 곳에 약을 한 번 더 바르고 잘 일만 남았다. 어제와 똑같은 밤을 맞이하고 보낸다는 건 생각보다 평화롭고 안심되는 일이다. 감사한 마음으로 푹 잠드는 것까지가 오늘 일과다. 더도 덜도 말고 내일도 오늘처럼 무탈하기를.

부지런히 추억을 만들고 # 4일 차

딩동딩동! 폭염주의보를 알리는 재난 문자에 잠이 깬다. 되도록 야외 활동을 자제하고 시원한 곳에서 휴식하란다. 그래도 부산까지 여행 왔는데 종일 에어컨 돌아가는 방에만 있을 수는 없지. 느긋하게 일어나 집을 나선다.

지하철과 버스를 갈아타며 여름에 걷기 좋다는 '맥도생태공원'을 찾았다. 어림잡아 백 년은 되어 보이는 오래된 벚나무가 가지를 활짝 벌려 터널을 이루고 있었다. 일자로 쭉 뻗은 8킬로 남짓한 벚나무길이다. 이 나무들이 일제히 하얗게 꽃을 피우면 그 풍경이 얼마나 장관일까. 상상만으로도 입이 떡 벌어졌다. 내년 봄에 한 번 더 이 길을 걸어야겠다는 마음으로 녹음이 우거진 터널 속을 시원하게 들어섰다.

걸어도 걸어도 끝이 보이지 않는 벚나무 터널이 마치 신비로운 동화의 세계로 연결되는 비밀 통로처럼 색다르게 느껴졌다.

남편과 소소한 이야기를 나누며 걷다가 쉬다가 또 걸었다. 서로 부채를 부쳐 주며 땀을 식혀 주고 시답잖은 농담을 주고받으며 한여름의 푸르름을 만끽했다.

앞으로 우리의 길도 이렇게 아무런 장애물 없이 멋지고 푸르게 쭉쭉 펼쳐졌으면 하는 욕심을 잠깐 가져 보기도 했다. 슬슬 다리가 아파져 내년 벚꽃 필 때 다시 오기로 하고, 버스를 타러 발걸음을 옮겼다. 벌써 이만 보가 넘었다.

돌아오는 길, 부산에 오면 그래도 꼼장어는 한번 먹고 가야지. 우리는 자갈치 시장으로 향했다. 예전에 아이들이랑 와서 맛있게 먹었던 꼼장어 식당을 찾았으나 아쉽게도 찾을 수가 없었다. 그냥 즐비한 식당 중 문 앞에서 친절하게 들어오라는 사장님을 따라 들어갔는데 기대 이상으로 맛이 훌륭했다. 우리는 부산 소주 '좋은데이'를 부딪히며 나흘째 부산 여행의 여독을 풀었다.

오늘은 무슨 날? 딱 좋은데이! 입에도 착착 달라붙고 유쾌하게 건배하기 딱 좋은 술이지 싶다.

배도 부르고 기분도 좋아진 김에 자갈치시장 주변에 있는 비프광장과 국제시장을 둘러보기로 했다. 시간 되면 영화도 보고 맘에 드는 거 있으면 쇼핑도 할 생각이었다. 다행히 한 시간 후 영화표가 있어 예매한 후 국제시장을 기웃거렸다. 다양한 물건들을 보는 재미가 쏠쏠했다.

간만에 맘에 드는 검은색 원피스가 있기에 입고 남편에게 어떠냐고 물으니 "뭐 상갓집 갈 일 있어?"라며 퉁명스럽게 말하고는 쌩하니 먼저 가는 게 아닌가. 그럼 그렇지. 남편은 쇼핑이라면 질색이다. 여행 중이라고 너그러워지거나 달라지길 기대한 내가 잘못이다. 머쓱해진 나는 "아휴, 사람이 낭만이 없어. 낭만이." 하고는 얼른 벗어 놓고 나왔다.

약간 마음이 상했지만 '우리는 지금 여행 중이니까 마음 넓은 내가 참는다.' 하고는 아무렇지 않게 웃으며 영화관으로 향했다.

영화는 며칠 전 개봉한 김혜수와 염정아 주연의 〈밀수〉다. 바닷가 해녀들이 주인공이니 바다가 넘실대는 부산에서 보기에 이보다 더 좋을 순 없다. 여성들의 통쾌한 우정과 끈끈한 연대가 빛을 발하는 유쾌한 결말에 개운하고 덩달아 기분이 좋아졌다.

몇 년 전, 내가 제주 한달살이 때 본 영화 〈기생충〉이 그러했 듯, 여행 중에 영화를 보는 건 또 다른 잊지 못할 추억이 된다는 걸 안다. 우리는 아마 어쩌다 영화 이야기가 나오면 "아, 우리 부산 비프광장 영화관에서 〈밀수〉 본 적 있잖아." 하면서 누가 묻지도 않았는데 신나게 얘기할 것이다.

그러면 영화뿐만 아니라 자갈치 시장의 꼼장어도 나올 테고, 국제시장에서 그냥 벗어 놓고 나온 검은색 원피스도 줄줄 달려 나올 것이다. 아니, 어쩌면 일주일 부산 여행이 통째로 우지끈 뿌리 뽑혀 나올지도 모르겠다.

이렇듯 작은 추억 하나가 가느다란 실마리가 되어 커다란 덩 어리의 시간을 모조리 끌어 올릴 수도 있다. 그러므로 언제든 지난 시간을 톡톡 건드려 볼 수 있도록 크고 작은 추억을 부지 런히 만드는 게 여행 중 할 일이지 싶다.

집에 돌아오는 길, 입에서는 내내 "믿어도 되나요? 당신의 마음을~." 영화 〈밀수〉 첫 장면을 열었던 최헌의 〈앵두〉가 흘러나왔다. 노래가 절로 나오는 걸 보니 오늘 하루도 잘 보냈다.

오늘도 집에 와 보니 바지를 입었는데도 불구하고 모기에 여러 군데 물렸다. 아니, 왜 이리 모기들이 나만 좋아하는지 모르겠다. 남편은 지금껏 한 방도 안 물렸는데. 모기들에게 무서운 표정으로 따져 묻지 않을 수 없다. "모기 니 아버지 뭐 하시노? 니 이렇게 이쁜 가시나만 물고 다니는 거 아시노, 모르시노. 엉?"

다리가 정말 울긋불긋 꽃이 핀 듯 화려하다. 태어나 모기에게 이렇게 많이 물려 보기는 처음이다. 모기 물린 자리에 약 바르는 게 일이다. 모기만 생각하면 여행이고 뭐고 얼른 집에 가고만 싶다. 이제 가는 날까지 3일 남았다.

제발 더는 물리지 말아야 할 텐데. 모기 걱정을 하며 밤잠을 못 이루다니. 이 또한 이번 여행의 특별한 추억이 되려나? 앞으로 모기 얘기가 나오면 유난히 나만 물던 부산 모기가 제일 먼저 떠오를 테고, 누가 묻지 않아도 침이 마르도록 흉을 보고 또 볼 테니까. 그러다 보면 자연스레 이번 부산 여행 전부가 부우웅 하고 함께 떠오를 수도 있으니까.

남편은 야구를 보고 나는 일기를 쓴다. 어제와 달라진 건 없다. 모기 물린 데가 늘어나 약 바르는 시간이 조금 길어진 것 말고는. 아 참, 오늘도 숙소의 좋은 점을 발견했다. 쏴아~ 하고 폭포처럼 떨어지는 샤워기 수압이 얼마나 시원시원하고 박력 넘치는지, 이만하면 그런대로 만족이다.

오늘도 좋은데이! # 5일 차

오늘은 광안리 해수욕장에서 종일 보내는 단순한 일정이다. 더위가 만만치 않아 야외 활동이 겁날 정도다. 바다가 내려다보이는 카페에서 오래오래 질리도록 바다 멍이나 때리고 오는 게 전부다. 지하철로 한 번만 갈아타면 갈 수 있었다. 더운데 버스 안 타는 것만도 얼마나 다행한 일인지 모른다.

토요일이라 그런지 사람들이 이미 해수욕장에 가득했다. 색색의 파라솔이 해수욕장 분위기를 한껏 더했다. 어차피 우리는 바다에 들어갈 준비도 해 가지 않아서 멀리서 바라만 보기로 했다. 창 넓은 카페에 자리를 잡았다. 저 멀리 광안대교가 우아하게 보이고, 땡볕에도 불구하고 해수욕을 즐기는 사람들의 에너지 넘치는 모습이 보기 좋았다.

왜 우리는 모래를 묻히고 뛰고 뒹굴며 풍덩 바다에 뛰어들지 못하고 늘 바라보기만 할까. 왜 우리는 늘 주변인이고 구경꾼

인가. 이런 생각을 하자니 약간 울적해졌다. 남편도 그렇고 나도 그렇고 더운데 수영복을 갈아입고 바다에서 노는 걸 번거롭기도 하고 귀찮기도 해서 별로 좋아하지 않는다. 그저 깔끔하고 단정하게 앉아서 거리를 두고 구경하는 걸 더 좋아한다. 어쩜 그리도 부부가 닮았는지, 좀 더 적극적으로 뜨거운 여름을 온몸으로 뜯고 맛보고 즐겨도 좋으련만.

미리 알고 간 건 아닌데 오늘 광안리 해수욕장에서는 '라이트 레이스 인 부산'이라는 커다란 행사가 예정돼 있었다. 저녁 9시부터 광안대교에서 벡스코까지 7킬로미터를 한여름 밤 야경을 즐기며 달리는 행사다. 5시부터는 블랙이글스 에어쇼가 있고 이어 라이트 레이스 페스티벌이 펼쳐질 예정이다.

어머 세상에나, 우린 늘 이렇게 운이 좋다니까. 그냥 많은 날 중 오늘 광안리 해수욕장을 온 것뿐인데 블랙이글스 에어쇼에 페스티벌까지 공짜로 보게 생겼다. 카페에서 기다리는 동안 미리 챙겨 간 시집을 꺼냈다.

시 한 편 읽고, 바다 한 번 보고, 달콤한 허니블랙티 한 모금 마시며 만족스러운 시간을 보냈다. '이런 게 낭만이지.' 하는 생각이 들 정도로 메말랐던 감성이 찰방거리며 차올랐다. 좋은 시의 감동도 차르륵차르륵 부드러운 파도처럼 밀려들었다.

바다 대신 시집에 푹 빠져 허우적거리는 맛도 제법 괜찮았다. 몸이 젖는 대신 마음이 흠뻑 젖고, 모래가 묻는 대신 깨알 같은 시어가 마음에 탁탁 달라붙었다.

오후 세 시가 넘으니 갑자기 사람들이 카페로 몰려들어 우리는 밖으로 나와 바닷바람을 쐬기로 했다. 그늘에 앉으니 생각만큼 그리 덥지는 않았다. 블랙이글스 에어쇼 시작까지는 두 시간이 남았다. 그때 동전 노래방 간판이 눈에 들어왔다. 남편도 어쩐 일인지 흔쾌히 따라 일어섰다.

우리는 한 시간 동안 부끄럼이나 창피함 없이 부르고 싶은 곡을, 부르고 싶은 대로 목청껏 불렀다. 아직 못다 한 노래가 남았는데 벌써 한 시간이 훌쩍 지났다. 우리가 이렇게 노래를 좋아했었나? 집에 가서도 자주 가자며 아쉬움을 남기고 바다로 향했다. 좋은 추억 하나 또 만들었다는 뿌듯함에 기분이 좋았다. 동전 노래방 선택은 탁월했다.

이제 바닷가로 나와 자리를 잡고 기다리기로 했다. 점점 사람들이 밀려들었다. 이렇게 많은 사람 틈에 있어 본 게 언제였는지 생각도 안 났다. 왠지 속이 울렁거리고 현기증이 났다. 드디어 시작이다. 멋진 비행기 여덟 대가 갖가지 묘기를 부리며 쌩쌩 날아다녔다. 하트를 그리고 태극기를 만들 때마다 사람들이 사진을 찍으며 일제히 환호했다. 더위조차 확 달아날 정도로 짜릿함과 오싹함이 온몸을 관통했다.

하지만 왠지 카메라를 들고 비행기 꽁무니를 쫓으며 과한 탄성에 호들갑을 떠는 사람들의 모습이 불편하게 느껴졌다. 조금이라도 더 잘 보려고 앞을 가로막고 밀치며 나무에 올라가는 모습이 불쾌했다. 더구나 갑자기 무서운 속도와 굉음을 내며 날아오르는 비행기들에 놀란 갈매기들이 방향 감각을 잃고 어쩔 줄몰라 하며 우왕좌왕 날아다니는 게 아닌가.

갈매기들에게는 마른하늘에 날벼락이었을 테니 왜 안 그러겠는가? 아무런 사전 예고도 없이 갑자기 비행기가 자기들 영토를 그렇게 무단 점령해 엄청난 속도로 날아다니니 얼마나 무섭고 두렵겠는가?

솔직히 나는 블랙이글스의 멋진 에어쇼보다 두려운 날갯짓으로 이리저리 위태롭게 날고 있는 갈매기들에게 더 눈길이 갔다. '어쩌나.' 하는 걱정과 "괜찮아. 조금만 참아 줘." 하는 미안함을 혼자 중얼거렸다.

왠지 기대하고 설레게 기다린 것만큼 즐겁지 않아 일찍 집으로 향했다. 사람 많은 곳이 오랜만이라서 그런지 적응이 안 되고 얼른 벗어나고만 싶었다. 머리도 아프고 숨이 막혔다. '나 이러다 사회 부적응자 되는 거 아니야?' 하는 걱정이 잠시 들었지만 '에이, 설마.' 하면서 신발에 달라붙은 모래인 양 툭툭 털어냈다.

저녁은 오징어와 대패삼겹살을 구워 먹는 '오대삼한판'이다. 나도 좋았지만, 남편이 유난히 만족해했다. 통오징어를 대패삼겹살 기름에 고소하게 구워 쌈 싸 먹는 게 꽤 괜찮았다. 호박죽과 계란찜은 내가 좋아하고 유기농 쌈과 명이나물은 남편이 좋아했다. 오늘도 빼놓을 수 없는 '좋은데이' 한잔으로 하루를 마무리했다. '오늘은 무슨 날? 딱 좋은데이!' 우리는 유쾌하게 좋은데이를 외치며 부산에서의 다섯 번째 밤을 맞이했다. 내일도 무탈하기를.

떠나 봐야 비로소 알게 되는 것들 # 6일 차

드디어 내일이면 집에 간다. 여행이 아무리 즐거워도 집에 가는 날은 기다려진다. 어쩌면 즐겁고 행복하게 집으로 돌아가기 위해서 여행을 떠나오는지도 모르겠다. 집에서 반복되는 편안하고 평화로운 일상이 견딜 수 없이 지루하고 밋밋하게 느껴진다면, 바로 그때가 여행이 필요한 때이지 싶다.

낯선 곳에서는 가장 먼저 익숙함이 그리울 테고, 내게 익숙한 건 집에서 보내는 그 단조로운 일상일 테니까.

멈춰야 비로소 보이는 것이 있듯이 떠나 봐야 비로소 알게 되는 것이 있다. 뭐니 뭐니 해도 내 집이 최고라는 것, 맘에 드는 거 하나 없어도 지금 내 옆에 있는 사람이 제일 소중하다는 것, 그리고 세상에 가장 사랑할 사람은 다름 아닌 나 자신이라는 것, 살면서 꼭 기억해야 할 이런 것들을 잠시 잊은 채 살았다는 걸 비로소 알게 된다. 그러고는 다시 일상을 살아갈 힘을 충전해 돌아온다.

오늘이 엿새째다. 충전 완료가 머지않았다.

오늘 일정은 이기대 해안 산책길을 걷고 일찍 돌아와 짐을
정리하는 것이다. 연일 폭염 경보가 발령 중이다. 바다를 끼고
도는 해안 산책길이지만 세 시간 넘게 걷는 동안 더위가 장난이
아닐 테다. 선크림을 바르고 부채와 양산을 챙기고 시원한 물도
여러 병 준비했다. 다행히 한 번에 가는 버스가 있었다. 마지막
일정이라 그런지 더위에도 불구하고 발걸음에 기운이 솟았다.
차창으로 휙휙 지나는 풍경을 하나도 놓치고 싶지 않아 눈을 부
릅떴다.

제일 먼저 오륙도 스카이워크에 도착했다. 오늘은 날이 좋아
멀리 대마도까지 보인다며 꼭 보고 가라고 입구에서 안내했다.
워낙 뜨거운 햇살이 쨍쨍 내리쬐어 일본이 통째로 보인다면 모
를까 사람들 반응이 시큰둥했다.

바다 위를 걷는 기분으로 멀리 오륙도의 섬을 세어봤다. 정
말 다섯 개로도 보이고 여섯 개로도 보였다. 내가 좋아하는 가

수 나훈아의 신곡 〈기장 갈매기〉가 생각났다. 갈매기들은 알고 있을까. 자기들이 주인공인 멋진 노래가 나왔다는 걸. 유유히 비상하는 갈매기들을 보면서 그 노래를 듣는다면 양손으로 날개를 만들어 퍼덕이는 춤까지 자연스레 출 수 있으려나? 갈매기들이 노래를 들을 수 있다면 얼마나 좋을까. 아쉽기만 했다.

해안 산책길은 예상대로 멋졌다. 숲속이라 그늘이 대부분이었다. 바닷바람이 시원해도 땀은 흘렀다. 간간이 바다를 내려다보며 바람을 온몸으로 느껴 보자니 그리 시원할 수가 없었다. 양팔을 넓게 벌리고 눈을 감았더니 온몸 구석구석 시원한 바람이 사정없이 파고들었다. 풍덩, 바람 속에 빠진 기분이었다.

날이 더워서인지 걷는 사람은 많지 않았다. '아무렴, 이렇게 더운 날 땀을 흘리며 세 시간 넘게 자진해서 이 길을 걸을 사람이 몇이나 되겠어. 우리는 지금 기억에 남을 특별한 추억을 부지런히 만드는 중이야.' 하고 생각하니 스스로가 대견했다.

물론 앞으로 또 이 해안 길을 걸을 수는 있지만, 오늘 이 순간이 햇볕의 강도와 뺨을 스치는 이 바닷바람의 부드러운 결과, 이 뿌듯한 기분으로 걸을 수는 없을 테다. 모든 순간은 반복되지 않는 고유한 것이니까.

무사히 걷기를 마치고 시내버스를 타고 숙소로 돌아왔다. 남편도 나도 아무 말이 없었다. 우린 지치고 힘들면 말문을 닫는 버릇이 있기에 그러려니 했다.

휴식을 취한 후 조금 일찍 저녁을 먹었다. 매콤한 낙지볶음에 좋은데이 한잔. 좋은데이에 마시는 좋은데이는 달다. 오늘 일정을 잘 마무리한 서로를 칭찬하고 부산 일정을 무탈하게 잘 보낸 서로를 위로했다. 더운데 애썼고 고생 많았다!

누가 억지로 시켰다면 도저히 할 수 없는, 흔쾌히 자진해서 한 고생이었다. 덕분에 오래 간직할 풍성한 추억이 생겼다. 우리는 두고두고 부산에서의 추억을 들출 테고, 그럴 때마다 신나게 할 말이 많을 것이다. 늘 좋은데이로 마무리한 부산에서의 모든 날이, 지나고 보니 정말 좋은데이였다. 날도 덥고 교통도 불편하고 숙소도 흡족하지 않았지만, 내일이면 그 모든 게 벌써 그리워지리란 걸 안다.

이제 서서히 짐을 정리하고 일찍 잠자리에 들어야 할 시간이

다. 내일 새벽, 교통이 복잡해지기 전에 출발하려면 일찍 자 둬
야 하니까.

여행은 또 다른 나의 일상 # 7일 차

아침 6시에 알람을 해 놓고 잤는데 저절로 눈이 떠져 일어나 보니 5시 50분이다. 이렇게 정확하게 일어날 수가. 집에 가는 날이라고 잔뜩 긴장했나 보다. 어제 대충 짐을 정리해 놓았기에 짐 싸는 데 시간이 오래 걸리진 않았다. 쓰레기를 정리하고 깨끗이 청소한 후 일주일 동안 잘 지내고 간다고, 고마웠다고 마음속으로 인사를 하며 방을 나섰다.

날마다 다른 일정으로 하루하루는 길었는데 일주일은 금세 지나갔다. 부산이란 도시와 많이 가까워진 느낌이다. 이제 부산 뉴스에도 귀를 기울이고 부산 날씨까지도 눈여겨보지 않을까?

일주일 동안 내가 살아 봐서 좀 아는 도시라고, "여기를 가 봐라.", "이건 꼭 먹고 와라." 등등 고작 일주일 살아 봤지만 오래 산 사람보다 더 아는 척을 하며 미주알고주알 얘기하는 특별한 도시가 될 것이다.

집으로 오는 길, 밀양에 들러 영남루에 올랐다. 우리나라 3대 누각 중 하나로 고려 말 창건해 조선 초 재건한 역사 깊은 보물이다. 조선 시대 밀양군 객사였던 밀양관의 부속 건물로서, 건물 기둥이 높고 사이를 넓게 잡아 웅대했다. 반질거리게 닦아 놓은 마루에 앉아 강을 내려다보니 신선이 따로 없었다.

갑자기 정한 코스지만 오길 참 잘했다. 밀양은 〈밀양아리랑〉만 알고 있었는데 이런 역사적인 보물을 품고 있는 도시인 줄 처음 알았다. 늘 뜻하지 않는 변수에서 얻는 게 많다. 특히 여행은 더더욱.

일주일 만에 집에 돌아왔다. 가구도 벽도 집 안을 가득 채운 공기조차 와락 달려와 반긴다. 역시 집이 최고다. 내 침대와 베개에 코를 박고 누워 본다. 으음, 이 느낌이 이렇게 좋다는 걸 알기 위해 그동안 낯선 곳을 헤매고 돌아다닌 걸까?

세탁기를 돌리고 구석구석 청소하고, 화초에 물을 준 후 환기를 시켰다. 개운하고 좋았다. 돌아올 집이 있다는 건 소소하지만 확실한 행복이다. 아무리 좋은 곳으로 떠난다 해도 돌아올 곳이 없다면 어떨까? 과연 행복할 수 있을까?

나는 돌아오기 위해 떠나는 사람이다. 내가 또 여행을 떠난다면 집으로 돌아오기 위해서다. 만선으로 돌아오는 고기잡이배처럼 에너지를 듬뿍 충전해서 말이다. 반복되는 일상에 하루하루 에너지가 바닥나는가 싶으면 나는 또 어디든 훌쩍 떠날 것이다. 내가 모르는 낯선 곳으로. 그곳의 풍경을 보고 살아가는 사람들을 만나고 그곳이 품고 있는 이야기에 귀를 기울일 것이다.

어디를 가든 나와 별반 다르지 않은 사람들이 고만고만하게 살아왔고 지금 살고 있으며 앞으로도 변함없이 살아가리란 걸 알게 될 테고, 그러면 나도 나의 자리에서 다시 힘껏 살아 봐야겠다는 마음의 에너지가 듬뿍 충전될 것이다. 나는 그 힘으로 또 얼마간 잘 살아 낼 수 있을 테고.

이 모든 과정이 길게 혹은 짧게 반복될 것이다. 이 모든 게 다름 아닌 내가 살아가는 방식이고 내 삶이다. 여행은 일상의 제일 끄트머리에 있는 나의 또 다른 일상이다. 내 일상을 생기 있고 반질반질 빛나게 해 주는 또 다른 일상 말이다.

그러니 머지않아 나는 또다시 새로운 여행을 꿈꾸며 낯선 곳으로 떠날 것이다. 하지만 지금은 며칠 편안하게 푹 자고 싶다.

아늑한 내 집의 온기에 포근하게 싸인 채, 아무 근심 걱정 없이.

제5부

제주 한달살이
처음과 끝
그리고 그 중간

반가워! 제주 # 1일 차

　지난해에 이어 다시 한달살이를 위해 제주에 도착했다. 이번엔 남편과 함께라 커다란 배에 차를 싣고 왔다. 처음으로 배를 타고 제주에 왔는데 색다른 경험이었다. 비행기의 답답함 대신탁 트인 바다의 자유가 낭만적이었다. 워낙 커다랗고 육중한 배라 움직이는 것 같지도 않게 빠르게 달렸다. 몇 번씩이나 '이거 지금 가고 있는 건가?' 고개를 빼고 확인할 정도였다.

　목포에서 네 시간 넘게 왔지만 지루할 틈은 없었다. 깨끗한 방바닥에 누워 졸기도 하고, 갑판에 나와 쨍쨍한 햇살 받으며 멋진 포즈도 취해 보고, 카페에서 커피랑 빵도 먹었다. 편의시설이 워낙 잘되어 있어 어슬렁어슬렁 이거 조금, 저거 조금 하면서 기웃거리다 보니 그 긴 시간이 순식간에 지나갔다. 영화관에서는 무료로 영화를 상영하고 안마방, 게임방, 노래방 등등 없는 게 없었다. 심지어 샤워실까지 있다니, 참 놀랍다.

제주의 하늘은 역시 맑고 드높았다. 가을보다는 아직도 여름이 머뭇거리며 그득 차지하고 있었다. 한낮 온도가 30도까지 오르고 해수욕장엔 수영복을 입은 사람들로 가득했다. '가을옷만 가져왔는데, 큰일이네.' 하는 생각이 잠시 스쳤으나, 이러다 비 한 번 오고 바람 한 번 불면 금방 추워지는 게 제주 날씨니 큰 걱정은 없다.

렌터카 대신 타던 차를 가지고 오니 훨씬 편안하고 마음이 놓였다. 역시 익숙함이 최고다. 낯선 곳을 찾아 여행 온 내가 처음부터 할 소리는 아니지만.

숙소에서 1분만 나가면 바다다. 그것도 눈부시게 아름다운 바다. 얼마나 봐야 아무런 감동 없이 무덤덤하게 그냥 지나칠 수 있을까. 아직은 상상이 안 된다. 볼 때마다 눈이 크게 떠지고 와아~ 하는 감탄이 저절로 새어 나온다. 앞으로 한 달 동안 감동할 일만 남았다.

간단히 짐을 풀고 가까운 오름에 올라 낙조를 감상했다. 뜨겁게 달구어진 붉은 해가 천천히 바다의 품에 안기는 모습이 눈부셨다. 앞으로 몇 번이나 더 이런 멋진 낙조를 볼 수 있을지.

제주는 이상하게 해가 뜨고 지는 것조차 감동이다. 나의 온갖 더듬이가 한껏 예민하고 민감하게 부풀어 오른다. 그래. 한 달 동안 가장 즐겁고 재미있게 그리고 아름답게 잘 보내 보리라. 제주의 품에 안겨 숨 쉬는 것조차 놀랍게 감동하면서.

밤엔 캔 맥주와 약간의 주전부리를 준비해 바닷가로 나갔다. 밤바다는 낮과는 달리 화려하다. 말이 거친 숨을 토해 내며 사람이 탄 화려한 마차를 끌며 달렸다. 주점에서 흘러나오는 노랫소리는 분위기를 한층 끌어 올렸다.

하늘엔 쉼 없이 오고 가는 비행기와 별들로 가득했다. 밤바다와 건배를 하며 마시는 맥주는 더없이 상쾌하고 시원했다. 맥주 맛이 아니라 낭만의 맛이랄까. '낭만에도 맛이 있다면 지금 순간, 이 맛이 아닐까.' 하는 생각이 들었다.

눈을 감으니 물소리가 한없이 부드러웠다. 성나서 세게 치는 파도 소리가 아니라, 사랑스럽게 찰랑거리며 장난치는 소리 같았다. 무척 귀엽고 충만한 소리라고나 할까?

바다는 언제 봐도 좋지만, 굳이 하나를 골라야 한다면, 밤에

맥주 한 캔 마시고 눈을 반쯤만 뜬 채 턱을 괴고 아롱아롱한 기분으로 바라보는 바다가 제일 좋다.

이제 한 달 동안 제주 밤바다는 누가 뭐래도 '내 것!'이라고 온 제주가 떠들썩하게 쩌렁쩌렁 외쳐 본다.

장생의 숲 # 3일 차

    오늘 나의 걸음 수는 31408. 실로 놀라운 숫자다. 몇 년 전 한라산 윗세오름까지 갔을 때 3만 보를 넘어 보고 처음이다. 이러다 내 두 다리가 튼튼한 아름드리 삼나무나 편백나무를 닮아가는 건 아닌지 살짝 걱정은 되지만 그래도 좋다. 숲에서 나는 풋풋한 흙냄새와 작은 돌들이 내는 사각사각 소리는 또 얼마나 경쾌한지, 자꾸 몸을 우스꽝스럽게 흔들어 더 크게 소리를 내면서 걷게 된다.

    오늘은 종일 절물휴양림에서 보냈다. 천 원짜리 한 장 달랑 내밀고 들어온 게 미안할 정도로 네다섯 시간 동안 숲길을 걸었다. 우선 11.1km인 장생의 숲길 구간과 한라생태숲인 숫모르 편백나무 숲길, 그리고 개오리오름과 절물오름을 오르고 나오는 길에 너나들이길과 생이 소리길까지 걸었다. 모두 더해 20여 km는 족히 되지 싶다.

장생의 숲길은 짧지 않은 코스지만 힘들지도 지루하지도 않았다. 빽빽하게 들어선 편백나무와 삼나무가 두런두런 이야기를 나누고, 이름을 알 수 없는 온갖 나무들이 저마다의 소리로 재잘거린다.

우렁찬 까마귀 소리와 자꾸 따라 해 보게 되는 특이한 새 소리에 귀를 기울이다 보면 어느새 표지판의 거리가 푹푹 줄어들어 아쉬운 마음이 들 정도다. 울창한 나무들이 뿜어내는 맑은 공기가 숲 전체에 강물처럼 출렁인다. 그 속을 천천히 통과해 온몸과 마음을 적셔 좋은 기운으로 가득 채운다. 저절로 기분이 좋아지고 발걸음이 가뿐하다.

이런 숲길이라면 얼마든지 걸을 수 있겠다. 왠지 이름대로 장생의 길을 걸으면 장생할 것 같은 생각에 군데군데 나 있는 지름길은 쳐다도 보지 않고, 제대로 난 본래의 길을 꼭꼭 눌러 걸었다. 거대한 자연 앞에서 이 무슨 말도 안 되는 욕심인지. 어떻게 알았는지 까마귀가 큰 소리로 비웃었다.

장생의 숲길은 지금껏 제주에서 걸어 본 길 중 단연 최고다. 우선 길이가 너무 길지도 짧지도 않다. 적당히 땀이 날 정도로

운동도 되고, 잘 관리된 아름다운 숲에서 힐링도 되고 숲에서 얻을 수 있는 모든 것을 얻기에 이만한 곳이 없다.

또한 숲속 자연 생태계가 풍성하게 잘 보존되어 있어 눈과 귀와 코를 기분 좋게 자극한다. 높이 자란 나무들과 키 작은 꽃들이 서로 균형을 이루고, 온갖 새들이 저마다의 언어로 하모니를 이루며 노래한다. 이 모든 것들이 뿜어내는 그윽한 자연의 향기는 저절로 코를 벌름거리게 한다.

천천히 걷다 보면 누구나 한 그루 삼나무가 되고 편백나무가 되어 숲을 이루게 된다. 앞으로 남은 여행 중 장생의 숲을 뛰어넘는 숲길을 또 만날 수 있을까? 아마 어렵지 않을까 싶다.

저녁은 숙소 근처 골목 맛집에서 제주 은갈치조림에 막걸리를 한잔했다. 칼칼한 양념에 잘 익은 무, 제법 통통한 갈치 토막, 정갈한 반찬들, 모두 맛있었다. 아무렴, 제주 공기와 분위기가 기본양념일 테니 맛나지 않을 수가 없겠지.

잘 먹고 잘 자고, 숲길 잘 걸으며 나를 챙기고 돌본다. 이만하면 더 이상 바랄 게 없다.

한라산을 오르다 # 5일 차

오늘 기상은 새벽 4시. 물과 먹을거리를 담은 묵직한 가방을 메고 방을 나섰다. 새벽인데도 차들이 제법 많았다. 성판악 주차장이 협소하다기에 걱정 걱정하면서 어둠 속을 달렸다. 아니나 다를까 주차를 못 하고 되돌아서는 차량의 행렬이 제일 먼저 눈에 들어왔다. 10킬로나 떨어진 제주 국제대학교 주차장에 주차하라는 안내를 받았다. 우리가 아무리 바지런을 떨어도 늘 우리보다 더 바지런한 사람들은 많았다.

어쩔 수 없이 거꾸로 10킬로를 달려와 주차하고, 그 길을 택시로 이동했다. 때마침 혼자 온 등산객이 있어 함께 택시를 탔다. 요금을 나눠 내자는 제의를 정중히 거절하고 우리가 다 냈다. 즐거운 산행되라는 인사와 함께. 약간 좋은 일을 한 것 같아 기분 좋게 한라산 입구로 들어섰다.

한라산 등반은 나는 두 번째, 남편은 네 번째다. 예전의 기억은 없고 모두가 처음 보는 듯했다. 길은 대체로 좋았다. 10킬로 가까운 거리라 조금 지루하고 단조로워서 그렇지, 생각만큼 힘들지는 않았다. 엄마, 아빠랑 온 어린아이들도 많았다. 모두가 새벽이라 그런지 약간 긴장한 듯 말은 없고 거친 숨소리만 들렸다.

요즘 젊은 여성들은 레깅스 차림으로 산에 오르는 것이 트렌드인지 모두가 레깅스 차림이었다. 나처럼 오육십 대들만 전통적인 아웃도어 룩을 입고 있어 확연히 세대 구분이 되었다. 남에게 피해만 주지 않는다면 뭐가 됐든, 자기에게 가장 편한 복장이 최고라지만 보는 내가 다 민망한 차림이 많았다. 내가 괜히 쓸데없는 걸 혼자 신경 쓰는 걸까. 이제는 트렌드를 완전히 놓쳐 버린, 아무리 헉헉대도 따라갈 수 없는 나이 든 사람의 시기 질투일까. 안 그래도 다리 아프고 힘들어 죽겠는데 속까지 시끄럽게 아우성을 쳤다.

역시 정상은 멋졌다. 힘들게 정상에 오르니 또 긴 줄이 이어졌다. 정상 표지석에서 사진을 찍기 위한 줄이다. 잠시 줄을 섰으나 좀처럼 줄어들지 않아 이내 포기하고 말았다. 대신 한산한 곳에 소박하게 서 있는 표지목에서 오붓하게 사진을 찍었다. 백록담에는 물은 조금밖에 없었지만 수시로 안개가 몰려와 금방이라도 하얀 수염에 지팡이를 든 누군가가 나타날 것만 같은 신비로운 분위기를 자아냈다. 하늘은 더없이 맑고 푸르렀다. 올라올 때는 지쳐 보이던 사람들의 얼굴에 어느새 생기와 활력이 넘쳤다. 정상에 도착한 시간은 오전 10시 30분. 완벽한 산행이었다.

관음사로 내려오는 길은 길고 험하고 지루했다. 끝없이 이어지는 돌길에 발가락까지 아파 자주 쉬었더니 올라가는 시간보다도 더 걸렸다. 내려오는 내내 스스로 대견하고 기특해 마음이 뿌듯했다. 다음에 언제 또 한라산을 오를까. 점점 체력이 떨어질 텐데, 언제까지 오늘처럼 거뜬히 오를 수 있을까. 이런저런 생각이 들기도 했지만 내일 일은 내일 생각하기로 했다. 오늘은 기분 좋게 '완벽한 산행을 자축하기 위한 저녁 메뉴로 뭐가 좋을까?' 같은 가벼운 생각에만 집중하기로 했다.

저녁 메뉴는 고등어김치찜에 돔베고기, 맛집이라고 블로그에 소문난 집으로 향했다. 브레이크 타임이 끝나는 시간에 맞춰 갔건만 또 줄이 길게 늘어서 있었다. 아휴, 어딜 가나 이놈의 줄! 역시 우리보다 발 빠른 사람들은 늘 있다. 그것도 아주 많이.

우리는 그냥 우리의 최대 경쟁력인 넘치는 시간과 여유로 대신 메꾸며, 천천히 살던 대로 살아가는 수밖에 없다. 무탈한 한라산 등반을 자축하며 한라산 한잔 쭉~~ 오늘은 쓰지 않고 달았다.

'음. 오늘 하루도 아주 멋지게 잘 보냈어. 대단하고 훌륭해. 역시 나야!' 있는 대로 유치찬란하고 민망한 칭찬을 나에게 마구 쏟아부었다.

여행은 마음을 걸러 주는 필터 # 9일 차

느지막이 일어나 빵과 커피로 아침을 먹었다. 나는 좋은데 남편은 별로인 듯했다. 시간이 갈수록 둘이 한 달 동안 함께 여행한다는 것이 실로 엄청난 일이란 걸 실감한다. 매사에 하나하나 의견을 물어보고 서로 맘 상하지 않는 그 언저리 어디쯤에서 양보하고 배려해야 한다. 수시로 서로의 기분을 살피고 식성을 고려해 메뉴를 정하고 체력을 염려하며 일정을 짜야 한다.

대체로 자기주장이 세지 않은 무난한 사람들이라 큰 문제는 없지만, 때때로 소소하게 맘 상하는 경우가 아예 없진 않다. 그래도 그럭저럭 슬기롭게 넘기며 그러려니 하고 만다. 웬만한 건 "여행 중이니까!"라는 한마디면 또 술술 넘어가니까. 어쩌면 여행이라는 글자의 '여'와 '행' 사이엔 기본적으로 너그러움과 이해의 물결이 넘실거리는, 제주 앞바다 같은 멋진 바다가 들어 있는지도 모르겠다.

여행하면서 멋진 풍광을 보는 것도 좋고, 높은 산을 오르고 청량한 숲을 걷는 것도 무한한 감동이다. 하지만 더 좋은 것은 그 과정에서 누리는 혼자만의 시간과 혼자만의 생각이다. 많은 생각들이 머릿속을 넘나든다. 나를 돌아보기도 하고 함께하는 사람의 소중함을 깨닫기도 한다. 미래를 생각하기도 하고, 휙 과거로 돌아가기도 한다. 온갖 생각들이 드나들고 버무려지고 걸러지고 겹쳐지는, 그런 시간이야말로 여행이 주는 선물이 아닐까 생각한다.

얼마간 시간이 지나면 흙탕물이 맑게 걸러지듯 머릿속이 가볍게 비워진다. 착한 생각, 고마운 마음으로 다시 순해지고 따스해진다. 여유 있고 자유롭게 자연 속을 거닐며 보내는 시간이 아니라면 어떻게 이런 게 가능할까?

내게 여행은 마음을 걸러 주는 좋은 필터다. 그러니 여행하면서 생기는 소소한 어긋남은 여행하면서 저절로 자가 치유된다.

오늘 갈 곳은 표선면에 있는 영주산이다. 말이 산이지 자그마한 오름이다. 블로그를 보니 사람이 적은 숨은 명소라고 했는데, 웬걸 주차장에 차들이 여러 대 주차돼 있었다. 다들 숨은 명소들만 찾아다니나 보다. 길은 잘 정비되어 있어 오르는 데 어려움은 없었다. 천국의 계단이라 일컬어지는 계단이 끝없이 펼쳐졌다. 천국의 계단이라기보다는 '천 개의 계단'이 더 어울릴 듯했다. 오르는 길 양옆으로 나무 하나 없이 시원하게 트여 하늘이 더 크게 보였다. 왕복 한 시간 정도 걸리는 산으로, 사람들이 많은 걸로 봐서 이제는 숨은 명소에서 '숨은'은 빼는 게 더 마땅해 보였다.

다음 방문지는 '오늘은 녹차 한 잔'이라는 녹차밭이다. 광활한 녹차밭에 서늘한 동굴을 품고 있었다. 예전에 녹차를 따서 보관하던 장소라고 했다. 입장료는 없고 카페에서 음료를 마시면 된다. 그 넓은 밭에서 여린 잎 하나하나를 손으로 따자면 얼마나 힘들까. 그 힘든 일은 누가 하는 걸까. 이런저런 생각을 하며 드넓은 녹차밭을 지나는 바람 소리에 귀를 기울였다.

요즘 생각한 건데, 이상하게 나는 뭘 보면 걱정거리 먼저 찾는다. '힘들어서 어쩌나.', '살기 어려워서 어쩌나.' 하고. 언제부터, 왜 그런지 그 생각을 붙잡고 좀 더 오래 들여다봐야겠다. 혹, 어딜 가나 습관적으로 걱정덩어리를 한 짐 메고 다니는, 일테면 '습관성 걱정 증후군' 같은, 그런 병은 아니겠지!

마지막으로 간 곳은 따라비오름이다. 오늘은 1일 2 오름이다. 설명을 보니 '오름의 여왕'이란다. 아니, 오름의 여왕은 다랑쉬오름으로 알고 있었는데, 여기도 오름의 여왕이라고 하는 걸 보면 여느 오름과는 격이 다를 듯했다. 역시나 오르는 길이 잘 정비되어 있고 정상에 올라 내려다본 화구의 모습도 우아하고 신비로운 기운이 느껴졌다.

정상은 둘레길뿐만 아니라 화구로도 내려갈 수 있는 길이 여러 갈래 나 있었다. 여느 오름과는 규모나 형태가 남달랐다. 사람들이 여왕이라 칭하며 많이 찾는 데는 다 이유가 있었다. 특히 정상에 아담하게 놓인 두 개의 벤치가 운치를 더했다. 마치 오래 앉아 기다리면 멋진 누군가가 다가와 마법이 풀린 듯 "아 이제야 만났군요!" 하며 말을 걸어올 것 같은 느낌이랄까?

정상에는 생각보다 바람이 세게 불었다. 산발이 된 머리가 창피해 사진을 안 찍는다는데도 굳이 여기저기 서 보라는 남편. 억지로 웃으며 찍은 후 내려와 모두 지워 버렸다. 아마 모를 것이다.

벌써 9일 차에 18번째 오름을 올랐다. 1일 2 오름인 셈이다.

잘하고 있다. 지금까지는 만족이다. 내일은 서귀포 쪽으로 가려고 하는데 비가 온다는 예보가 있다. 그래도 걱정은 없다. 비 오면 비 오는 대로 가면 되니까. 뭐가 됐든 마주하는 것 모두 그러려니 하면 된다. 앞으로 슬기로운 제주살이를 위해서 가장 친해져야 할 말은 '그러려니'가 아닌가 싶다.

혼자만의 시간이 필요해 # 14일 차

오늘은 각자 하고 싶은 것을 하는 '자유의 날'로 정했다. 이쯤 되면 좀 떨어져 오롯이 혼자만의 시간이 필요한 시점이기도 하고, 아침부터 비바람이 사납게 불고 있어서였다. 나는 침대에서 종일 뒹굴뒹굴하며 책도 읽고 음악도 들으며 바람 부는 창밖을 멍하니 바라보며 지냈다. 집에서 늘 하던 대로 하며 보내는 이 달콤한 시간이 얼마 만인가. 책을 보는 것도 오랜만이다. 뭘 봐도 재미있고 책장 넘기는 감촉이 너무 좋다. 오랜만에 듣는 라디오는 또 얼마나 반갑고 정겨운지. 익숙한 것의 편안함과 소중함이 파도처럼 밀려왔다.

그동안 날마다 출근하듯 숙소를 나서고, 일하듯 숲길을 걷고, 퇴근하듯 돌아와 겨우 일과를 정리한 후 잠들기 바빴다. 나도 남편도 직장 생활하면서 물든 '열심히'라는 물이 아직도 고스란히 남아 있는 듯하다. 노는 것도 직장 생활하듯 죽기 살기로 하는 걸 보면 말이다.

놀멍 쉬멍 여유 있게 지내자고 입만 열면 말하지만 실제로는 쉬는 시간도 아까운 듯, 하나라도 더 보려고 시간을 쪼개 가며 찾아다닌다. 어쩌면 날마다 여유를 부르짖는 것 자체가 사실 여유가 없는 것일 테다.

날마다 제주의 멋진 풍경을 만나는 것도 감동이지만, 숙소에서 빈둥빈둥 세월아 네월아 하며 보내는 것도 가볍고 너무 좋았다. 게다가 '함께'에서 벗어나 '혼자'가 주는 홀가분함까지. 앞으로 일주일에 한 번은 정기적으로 이런 날을 가져야겠다. 둘이 하는 오랜 여행에서 가장 필요한 것은 선선한 바람이 들락거릴 수 있는 적당한 거리일지도, 그리고 그 거리를 위해서는 이렇게 혼자 보내는 시간이 꼭 있어야 하고.

남편은 바다를 보러 나갔다 들어와 책을 보는가 싶더니 이내 잠이 들었다. 푸우~푸우~ 코까지 고는 게 아주 단잠이다. 그동안 무척 고단했었나 보다. 왜 안 그렇겠나. 매일 운전하랴, 일정 챙기랴, 이것저것 책임이 컸으리라. 곤히 잠든 남편의 얼굴을 보니 쉬기 위해 여행 온 행복한 사람이라기보다는 고되게 일하다 운 좋게 하루 휴가 받아 밀린 잠에 푹 빠진 사람 같았다. 으음, 우리 지금 여행 잘하고 있는 거 맞나!?

이제 여행이 절반 정도 지나고 있다. 오늘 저녁엔 남편과 마음을 터놓고 이야기를 해 봐야겠다. 남은 시간을 어떻게 보내야 할지. 우리 여행은 우리 둘이 함께 만들어 가는 거니까.

분명 내일은 어제보다 더 좋은 시간이 될 것이다.

어느 멋진 날 #19일 차

더는 잠이 오지 않아 일어나지 않고는 못 배길 때까지 자고 나니 오전 11시가 조금 넘었다. 얼마 만에 맘껏 부려 보는 게으름인가, 몸도 마음도 쭉쭉 기지개를 켠 듯 개운했다. 밖을 보니 햇살도 나오고 그리 추워 보이진 않았다. 차를 끓여 마시며 우두커니 앉아 하늘을 내다보았다. 구름에 가려 파란 하늘이 손바닥만 하게 줄어들었다가 다시 넓어지기를 반복했다.

창밖으로 보이는 집은 '도로록'이라는 허름한 간판을 단 카츠샌드 집이다. 가정집을 급조한 듯 낡아 보였다. '저래도 장사가 되려나.' 걱정하는 마음으로 유심히 살펴보니 역시나 손님은 보이지 않았다. 아예 문을 닫은 건지 다음에 지나칠 때 한번 봐야겠다. 멍하니 앉아 있자니 별게 다 눈에 들어오고 걱정이고 그렇다. 이런 것이 여유일까. 파란 하늘이 영차영차 구름을 밀어내고 점점 영토를 넓혀 가고 있다. 기다렸다는 듯이 햇살이 쓱 얼굴을 내민다.

1일 1 오름을 위해 다랑쉬오름으로 향했다. 다랑쉬오름은 '오름의 여왕'이라는 수식어를 달고 있어서인지, 기품 있고 우아한 중년 여성 같은 느낌이다. 산봉우리의 분화구가 마치 달처럼 보인다고 해서 이름 붙여졌다고 한다. 왠지 프랑스 초콜릿 이름처럼 달콤하고 사랑스럽다. 역시 인기를 실감할 정도로 사람들이 많았다. 올라가는 길도 분화구 둘레길도 깔끔하게 정비되어 있었다. 경사도 완만해 힘든 것은 없었다. 천천히 오르면 양 갈래의 둘레길이 나온다. 부드러운 곡선의 둘레길을 따라 걷다 보니 분화구 안쪽 깊은 구멍으로 휙 빨려 들어갈 것만 같다. 신비하고 오묘한 세계로 어서 들어오라고 입을 떡 벌리고 부르는 듯해 정신을 바짝 차려야 한다.

둘레길을 걸으며 보이는 뷰도 역시 여왕다웠다. 한쪽으로는 시가지가, 반대쪽은 탁 트인 바다가 한눈에 들어온다. 한라산도 보인다는데 오늘은 구름에 가려 볼 수 없었다. 다랑쉬오름은 한마디로 '오름의 정석'이라고 해도 될 정도다. 우아하고 단아한 자태는 물론 부드러운 곡선을 자랑하는 둘레길, 깊이를 알 수 없는 어둡고 깊은 분화구의 중심, 사방에 멋진 뷰까지. 내가 지금까지 올라본 오름 중 가장 오름다운 오름이었다.

돌아오는 길, 제주에서 일년살이를 하는 남편의 지인 집을 잠시 들렀다. 성산 일출봉이 보이는 세련된 이층집이었다. 현관 옆에는 상추와 배추가 자라는 텃밭도 있었다. 마당의 잔디를 걷어 내고 만든 한 평 남짓 되는 아담한 텃밭이었다. 배추는 벌레가, 상추는 본인이 먹는다며 넉넉한 미소를 지어 보였다. 집은 깔끔하고 좋았다. 일년살이, 한달살이를 위해 맞춤형으로 지은 여러 채 중 하나라고 했다.

아는 사람들이 제주에 오면 묵어 갈 수 있는 손님방도 있었다. 워낙 사람을 좋아하는 소탈한 성격인 듯했다. 수시로 성산 일출봉을 오르고 오름을 오르며 숲길을 걷는다고 했다. 요리하는 걸 좋아해 직접 만들어 먹는 재미도 쏠쏠하단다. 고전을 읽고 제주의 곳곳을 누비며 느릿느릿 시간을 보내니, 더 이상 바랄 게 없단다. 가끔 찾아오는 친구들에게 하는 제주 가이드 노릇도 재미있고.

문득 '외롭지 않을까?' 하는 생각이 스쳤지만, 표정을 보니 혼자서도 충분히 충만한 삶을 살아가는 사람만이 지을 수 있는 넉넉함이 배어 있었다. 물론 조금도 외롭지 않을 리야 없겠지만 외로움이 찾아와도 오랜 친구처럼 맘껏 머물다 가게 할 정도의 내공은 있어 보여 마음이 놓였다.

일 년씩 머물다 보면 제주에 더는 갈 곳이 없지 않냐고 남편이 물었다. 그분은 단호하게 고개를 저었다. 같은 곳이라도 언제 가고 누구와 가는지에 따라서, 그리고 어떤 기분으로 가고 어떤 길로 가느냐에 따라서 모두 다르다고. 그러니 날마다 새로운 기분, 처음 가는 느낌일 수밖에 없단다. 정말 여행의 맛과 멋을 제대로 아는 분이었다.

나도 조금씩 제주에 머무는 시간을 늘려 나갈 수 있을까? 석달, 여섯 달, 그리하며 마침내 일년살이도 할 수 있을까? 계절마다 오름이 어떤 표정을 짓는지, 꽃이 핀 숲길과 눈 덮인 숲길의 느낌이 어떻게 다른지, 벌레와 나눠 먹는 텃밭 채소가 어떤 맛인지, 과연 내가 직접 보고 느끼고 맛볼 수 있을까?

오늘은 멋진 오름을 오르고, 멋진 사람을 만나고, 멋진 꿈도 꾸어 본, 더할 나위 없이 근사한 '어느 멋진 날'이었다.

이만한 추억거리는 있어야 여행이지! #24일 차

오늘은 애월읍에 있는 '아르떼 뮤지엄'을 찾았다. 예전에 갔던 '빛의 벙커'와 약간 비슷한 느낌인데 볼거리는 더 다양하고 풍성했다. 형형색색의 빛과 조명이 마치 살아 움직이는 것 같았다. 열 개 정도의 서로 다른 테마를 지닌 방이 있는데 모두 사람들로 넘쳐났다.

직접 색칠한 동물들을 화면 속으로 옮겨 볼 수 있는 정글 방에는 특히 아이들이 많았다. 우리도 사슴을 색칠하고 가슴에 'sim & ji'라고 이름을 새겨 커다란 화면으로 보내니, 우리의 귀여운 사슴이 경중경중 뛰어다녔다. 어린아이처럼 재미있고 신났다.

거대한 소리를 내며 밀려오는 집채만 한 파도도 진짜처럼 생동감 넘치고, 다양한 동물들이 걸어 다니는 정글 속 밀림도 제법 볼만했다.

한 가지 아쉬운 점은, 불빛과 조명이 너무 화려하고 변화무쌍해 사진이 잘 나오지 않는다는 점이다. 입장료는 다소 비쌌지만 아름다운 빛의 세계를 생생하게 체험해 보는 비용치고는 그리 아깝지 않았다.

다음은 한담 해안 도로로 향했다. 맑은 하늘과 살랑거리는 바람이 바닷가 산책에 더없이 좋은 날씨였다. 바다색이 어쩜 이리도 이쁜지. 다양한 농도의 색이 조화롭게 섞여 있었다. 어쩌면 이 바다색도 '아르떼 뮤지엄'에서 조명으로 조정하는 건 아닌가? 할 정도로 환상적이었다. 구름 한 점 없는 하늘과 너무도 잘 어울렸다.

'봄날 카페'는 사람들로 붐볐다. 구멍가게 같은 작은 창으로 주문 먼저 하고 입장하는 시스템도 낯설었다. 눈부신 바다 쪽으로 돌아앉아 커피와 아이스크림을 먹자니 마치 오늘이 '나의 봄날'이 아닐까 싶었다. 기분 좋게 가슴 설레는 내 인생의 봄날!

1일 1 오름을 위해 숙소로 돌아오는 길에 수산 봉을 올랐다. 입구에는 천연기념물로 지정된 500년 된 소나무가 물 쪽으로 멋진 가지를 늘어뜨리고 서 있었다. 수산마을의 수호목으로 눈

이 내려 덮이면 형상이 백곰과 같다 하여 '곰솔'이라 부른다고
한다.

수산봉에 오르는 길은 올레길 16코스이기도 하며 비교적 잘
다듬어져 있었다. 정상까지는 30분이 채 걸리지 않았다. 정상
둘레를 돌다 보면 유명한 시인의 시를 새긴 시석이 군데군데 눈
에 들어온다. 최문자 시인의 「닿고 싶은 곳」이란 시를 읽자니
턱 하고 마음에 닿는 시구가 있었다. 걷는 내내 나무의 슬픔에
대해 생각하도록 만들었다.

나무는 죽을 때 슬픈 쪽으로 쓰러진다.
늘 비어서 슬픔의 하중을 받던 곳
그쪽으로 죽음의 방향을 정하고서야 꼭 움켜잡았던
흙을 놓는다.

천연기념물인 곰솔을 그냥 지나칠 수 없어 사진을 한 장씩
찍었다. 그리고는 아무렇지 않게 숙소로 출발. 삼분의 이 정도
왔을까? 이때 낯선 번호로 전화가 왔다. 받아 보니 남편의 휴대
폰을 곰솔 옆에서 주웠단다. 그때까지 휴대폰을 잃어버렸는지
도 몰랐는데, 아마 연락처 목록에서 내 번호를 찾아 연락한 모

양이다.

그분은 고맙게도 곰솔 옆에 잘 둘 테니 찾아가라고 했다. 우리는 고맙다며 인사를 하고 차를 돌렸다. 온 만큼 되돌아가야 하는 상황, 부주의를 탓한들 무슨 소용이 있으랴. 찾았으니 얼마나 다행이냐고 서로 위로하면서 달렸다.

서둘러 도착해 보니, 곰솔 밑둥치에 얌전하게 세워져 있는 게 아닌가. 누군지 모르지만 정말 감사하고 고마웠다. 곰솔은 마을을 지켜줄 뿐만 아니라 남편의 휴대폰도 지켜 주는 고마운 수호목이었다.

500년이나 된 신령스러운 나무의 품 안에 잠시나마 안겨 있었으니 이제 '행운의 휴대폰'이 된 셈일까. 두고두고 잊지 못할 추억 하나가 또 생겼다. 고마워, 곰솔!

그래, 이 정도 추억거리는 있어야 여행이지! 서로를 다독이며 늦은 저녁으로 고단한 하루를 마무리했다.

4박 5일 여행, 그 첫날처럼 # 25일 차

오늘 저녁은 함덕에 있는 윤가네 흑돼지다. 혼자만 단골이라고 우기는 곳이다. 제주에 올 때마다 가는 곳인데 잘해야 일 년에 한두 번이니, 단골이라 하기는 약간 민망한 것도 사실이다. 소주 한잔하기 딱 좋은 집이다. 특히 치즈에 찍어 먹는 흑돼지 삼겹살은 새로운 맛이다. 전혀 따로 놀 것 같지만 막상 먹어 보면 딱 맞는 궁합이라니. 역시 직접 먹어 보지 않고는 모를 맛이다.

오늘은 한남시험림에 예약을 하고, 사려니오름을 올랐다. 시험림이라 그런지 삼나무 숲이 너무 훌륭하게 관리되어 있었다. 아침 일찍 갔더니 우리가 첫 팀이었다. 숲 전체를 통째로 가지는 듯한 느낌이었다. 오늘 첫 발자국을 남기는 영광이라니. 저절로 기분이 하늘을 날았다.

사려니숲길을 걸은 사람은 많지만, 사려니오름을 오르는 사람은 많지 않을 것이다. 사려니오름을 오르려면, 이 한남시험림에 사전 예약을 해야만 한다.

입이 저절로 떡 벌어질 만큼 놀라운 삼나무 전시림을 거쳐, 사려니오름을 올랐다. 추억을 회상하는 세심정을 거쳐 계란(제주도 방언으로 독새기)을 까먹으면 10년은 젊어진다는 쉼팡까지, 너무나 신비롭고 신령스러운 기운이 그득했다. 부스럭 소리를 내며 노루들이 뛰어다니고, 스르륵 뱀까지 출몰하는 놀라운 풍경이었다.

내려오는 길, 7형제 나무가 눈길을 끌었다. 어느새 가지가 뻗어 10형제가 되어 있었다. 얼른 안내판을 바꿔야 할 듯했다. 언제까지 가족을 늘려 나갈지 두고 볼 일이다.

내려오는 길에 있는 계단이 모두 777개라고 한다. 경사진 길을 따라 계단이 쫙 펼쳐졌다. 내가 가야 할 인생길도 이미 정해져 이렇게 멀리까지 볼 수 있다면, 그렇다면 과연 어떨까? 마냥 좋기만 할까? 조금 더 가면 모퉁이가 나오고, 거길 돌면 뭐가 나올까 하는, 불안하면서도 기대되는 흥분과 호기심은 없지 않을까? 어찌 보면 알 수 없는 인생이기에 오히려 더듬더듬 나만의 길을 만들며 하루하루 살아갈 수 있지 않을까 싶다. 날마다 굵지 않은 복권 같은 설레고 기대하는 마음으로.

이제 4박 5일 남았다. 4박 5일 여행의 첫날이라고 생각하면 어떨까. 우리처럼 흑돼지에 한라산 소주를 마시며 행복한 여행을 다짐하지 않을까. 4박 5일 일정으로 제주에 처음 도착한 사람처럼, 흑돼지집에서 새로운 마음을 다지는 저녁이다.

지금 이 순간 # 26일 차

　다가오는 일요일이면 집으로 돌아간다. 하루는 천천히 가고 한 달은 빨리 달아난다. 날마다 걷다 보니 하루의 시간은 딱 걷는 속도만큼이지만, 한 달은 덩어리로 뭉텅 빠져나간 듯하다. 이제 남은 건 달랑 3박 4일. 슬슬 하고 싶은 목록을 체크해 가며, 마무리해야 할 시점이다. 아직 김만복도 못 먹고 청춘당 꽈배기집도 못 들렀다. 가기 전에 갈치조림과 고기국수도 한 번 더 먹어야 하는데. 서둘러야겠다.

　달리는 차 안에서 '즐거운 오늘 아침!'을 진행하는 일일 디제이가 되어 노래를 선곡하고, 운전하는 남편의 기분을 인터뷰하며, 기분 좋게 한라산 자락에 있는 어승생악(어승생오름)으로 향했다. 마흔 번째 오름이자 이번 여행의 마지막 오름이다. 어승생은 한자 뜻 그대로 임금이 타는 말이 태어났기 때문에 붙여진 이름이란다. 조선 정조 때 이곳에서 용마가 태어나 왕에게 바치자 말에게 벼슬까지 내렸다고 한다.

어승생의 유래를 알아보다 우연히 한라산의 뜻을 알게 되었다. 한라산은 운한(은하수)을 라인(끌어당김)할 만큼 높다는 뜻이란다. 즉, 은하수를 끌어당길 만큼 높은 산이라는 의미다. 정말 잘 어울리는 멋진 이름이었다. 알아야 제대로 볼 수도 있고 느낄 수도 있으니, 역시 아는 것은 중요하다.

오르는 길 양옆으로 알록달록하게 단풍이 한창 물들고 있었다. 한라산 자락이라 그런지 오름보다는 높은 산을 오르는 느낌이었다. 예쁜 단풍에 정신을 빼앗기다 보면 힘든 줄도 모르게 금방 정상이다. 정상의 뷰는 환상적이다. 백록담과 제주 시가지가 선명하게 한눈에 들어왔다. 날이 얼마나 쾌청한지 멀리 추자도와 비양도, 성산 일출봉까지도 볼 수 있었다. 이렇게까지 맑은 날은 흔치 않을 텐데, 정말 운이 좋았다.

나무 계단에 앉아 눈을 감았다. 부드러운 바람이 내 몸을 가볍게 통과하고 따사로운 햇살이 자글자글 어깨에 피어올랐다. 지금 순간, 여기에 존재한다는 가슴 벅찬 충만함에 한동안 움직일 수 없었다. 오늘은 편히 숙소에서 쉬고 싶은 마음이 많았는데 오길 너무 잘했다.

돌아오는 길, 지난번 휴대폰을 잃어버리는 바람에 약속이 취소됐던 남편 지인 부부를 애월읍에서 만났다. 바다가 내려다보이는, 이름도 멋진 '지금 이 순간' 카페로 들어섰다. 카페 이름이 참 좋다고 생각하며 천천히 둘러보니 '지금 이 순간'은 다름 아닌 명마 이름이었다. 그러고 보니 카페 로고도 말의 형상인 게 그제야 눈에 들어왔다.

한국 경마의 전설적인 명마로 각종 대회에서 우승을 휩쓴 유명한 말이며, 지금은 은퇴했고 자(子)마인 '심장의 고동'이 맹활약을 하고 있다는 설명이 벽에 붙어 있었다. 경마의 이름이 다들 이렇게 멋진 줄도, 대통령 배 경기가 있다는 것도, 상금 액수가 어마어마하다는 것도 처음 알았다. 나의 무식을 깨닫는 '지금 이 순간'이 아닐 수 없었다.

남편 지인 부부는 한림 쪽에 숙소를 잡고 보름 정도 여행을 하는 중이라고 했다. 차를 마시며, 제주에서 보낸 시간에 대하여 소소하게 이야기를 나눴다. 사람들과 편안하게 대화를 나누는 것이 얼마 만인지. 새삼 즐겁고 유쾌했다. 혼자도 좋고 둘도 좋지만, 여럿이 함께도 역시 좋다.

옥돔회와 감귤 막걸리 그리고 한라산으로 기분 좋게 하루를 마무리한다. 남은 날이 줄어드는 만큼, 한라산이 점점 달콤해지는 게 별일이라면 별일인 제주의 밤이다.

고마웠어! 제주 # 28일 차

　이제 정말 내일이면 집에 간다. 나도 모르게 자꾸 분주하고 서두르게 되는 마음을 지그시 누르며 차분하게 여행을 마무리 하리라 마음먹는다. 오늘 할 일은 어제 미용실에서 관광객이라고 두 번이나 퇴짜 맞아 자르지 못한 남편 머리를 자르고, 밀린 빨래를 한 후 짐을 정리하는 것이다.

　오늘 간 미용실은 친절하게 맞이하고 정성을 다하는 것 같아 만족스러웠다. 깔끔하게 자르고 염색까지 하고 나니, 한 다섯 살은 젊어 보였다. 역시 포기하지 않은 보람이 있다.

　빨래방에서 세탁이 되는 동안 바닷가를 산책하고, 건조되는 동안 미용실을 다녀올 정도로 제주 생활에 완전히 적응을 마치니, 돌아갈 때가 되었다. 아직도 바다만 보면 "와아~!" 하는 탄성이 저절로 나오는데, 조금도 시들하거나 지루하지 않은데 벌써 한 달이 훌쩍 지나 떠나야 한다니, 아쉬움에 자꾸 바다 쪽으로 고개가 돌아간다.

얼마나 더 있어야 바다를 봐도 아무렇지 않을 수 있을까. 그런 날이 오기나 할까.

남편은 못내 아쉬운지 오름을 하나만 더 오르자고 했다. 30분 거리에 있는 원당봉으로, 분화구에 사찰이 있는 유일한 오름이란다. 아니 언제부터 그렇게 오름을 좋아했다고 마지막 날까지? 썩 내키지는 않았지만 싫다고 하면 두고두고 원망할 게 뻔하기에 어쩔 수 없이 따라나섰다.

원당봉은 일곱 개의 봉우리에 세 개의 절, 그리고 오층 석탑까지, 풍성한 볼거리가 있는 특별한 오름이었다. 우리는 그중 분화구 안에 있는 문강사와 연못을 둘러본 후 둘레길을 걸었다. 둘레길은 오르막 내리막을 적당히 반복하며 여유 있게 걷기에 충분했다.

그동안 올랐던 오름의 분화구는 모두가 자연 그대로의 모습이었는데 여기는 마당에 연못까지 있는 사찰이라니. 내려다보며 둘레길을 걷는 내내 놀랍고 신기하기만 했다. 막상 오르고 보니 내키지 않았던 마음은 온데간데없이 사라지고 오늘 시간이 부족해 보지 못한 불탑사와 원당사를 보러 여유 있게 한 번 더 와야겠다는 마음이 절로 들었다. 역시 제주 오름은 남편도 나도 못 말리게 좋아한다.

저녁은 남편 지인의 초대로 버스를 타고 제주 시내로 나갔다. 처음 타 보는 시내버스라 두리번거리며 가는 것도 재미있었다. 제주에서 제일 크다는 우당도서관을 지나면서, 다음에 꼭 들러 볼 목록에 얼른 추가했다.

우당도서관은 김우중 전 대우그룹 회장이 아버지를 기리며, 아버지의 호를 따서 사회 기부로 지었다고 한다. 그 규모가 어마어마하고 30만 권이 넘는 장서가 있다고 하니, 얼마나 근사할지 몹시 궁금했다.

남편 지인으로부터 흑돼지구이에 커피까지 얻어먹고 직접 농사지은 귤까지 받아 왔다. 너무 감사하고 고마웠지만 달리 갚을 기회는 없지 않을까 싶다. 그저 제주 사람의 따뜻한 정으로 간직하는 수밖에. 시내로 나갈 때는 버스가 구석구석 들러 두 시간 정도 걸리더니, 올 때는 한 시간도 안 되어 도착했다. 이제는 버스도 잘 탄다.

오늘이 이 숙소에서 마지막 밤이다. 머리만 닿으면 바로 잠들 정도로 편안했던 침대. 커다란 창에 가득 찼던 파란 하늘, 1분만 걸어 나가면 한 달 동안 내 것!이라고 외치던 바다, 게다가 제주도 지도를 식탁보처럼 깐 작은 탁자를 사이에 두고 침대에 걸터앉아 먹던 다정한 아침까지, 아쉽지만 모두 추억으로 간직하는 수밖에.

이 방도 내일 오후면 벌써, 나 아닌 다른 사람을 반갑게 맞이할 테니. 338호 안녕~. 그동안 고마웠어. 제주의 마지막 밤이 고요하게 저문다.

낭만적인, 너무도 낭만적인 배 # 29일 차

　육지로 나가는 배는 제주항에서 13시 40분에 출발하는 목포행 제누비아호다. 탑승은 12시 30분부터지만 차량 선적은 11시부터라 일찍 서둘렀다. 짐은 단출했다. 올 때보다 늘어난 거라곤 집에 가서 먹으려고 산 감귤 막걸리와 약간의 선물이 다였다. 우리는 둘 다 어딜 가든 간단하게 짐을 꾸리고, 가서도 최소한으로 꺼내 놓는다. 너무 많이 벌려 놓으면 어수선해 감당을 못 하는 사람들이다.

　제누비아호는 올 때 타고 온 퀸메리호보다 규모도 더 어마어마하고 시설도 한층 세련되고 고급스러웠다. 바다 쪽으로 쭉 늘어선 안마의자며 야외 테이블이 즐비한 맥주 바, 다양한 의자가 멋스러운 분위기를 내는 넓은 카페까지. 영화관은 물론 중앙엔 물이 솟구치는 분수도 있었다. 역시 배가 비행기보다 낭만이 있었다.

고개만 돌리면 푸른 바다가 출렁이고 작은 섬들이 하나둘 모습을 드러낸다. 저 멀리 고기잡이배가 손가락만 크기로 천천히 떠가고, 바다색을 띤 하늘엔 파도 같은 하얀 구름이 이리저리 몰려다닌다.

뜨겁게 내리쬐는 태양은 물 위에서 금빛 가루가 되고 갑판에 서면 자유의 냄새 물씬 풍기는 부드러운 바람이 얼굴을 스치고 지나간다. 배에서 느끼는 이 놀라운 자유와 낭만, 이번 여행의 또 다른 수확이다.

목포에 도착하니 벌써 저녁 6시가 넘어 깜깜했다. 낙지탕탕이 맛집에서 싱싱한 산 낙지비빔밥으로 저녁을 먹고 나니 목포에 온 실감이 났다. 우리는 걸어서 평화광장으로 향했다. 시월의 마지막 날이면서 휴일 저녁이라 그런지 평화광장은 사람들이 넘쳐나고 흥분과 생기로 가득했다. 여기저기 버스킹과 기발한 묘기 공연까지, 한바탕 축제를 펼치는 듯 밤의 열기가 뜨거웠다.

멋진 클래식에 맞춰 춤추는 음악 분수 공연을 기대했는데, 아쉽게도 코로나19로 중단됐다는 안내가 나왔다. 우리는 갓바위까지 산책한 후 한껏 들뜨고 설레는 마음으로 여기저기 공연을 기웃거렸다. 2021년도 시월의 마지막 날이 아름다운 낭만 항구 도시 목포에서, 잊지 못할 추억을 만들며 평화롭게 저물어 갔다.

벌써 그리워지는 제주 # 30일 차

아침 일찍 해상 케이블카 북항 승강장으로 향했다. 예전에 비 오고 바람 부는 날에 와, 타지도 못하고 되돌아간 아쉬움이 있는 곳이다. 오늘은 바람 한 점 없이 맑고 쾌청했다. 한여름처럼 덥기까지 해 가을옷이 무겁게 느껴질 정도다. 케이블카 타기 딱 좋은 날이다.

케이블카는 북항을 출발해 유달산을 거쳐 고하도 승강장까지 갔다가 되돌아오는 코스다. 중간중간 내려서 주변을 둘러본 후 또 타고 이동하면 된다.

제일 먼저 유달산 승강장에 내렸다. 유달산 정상은 일등바위가 있는 곳이다. 이등바위, 삼등바위까지 산책로가 있지만, 경사가 가파르고 길이 험했다. 우리는 일등바위까지만 갔다가 되돌아왔다.

바위까지 등수로 이름을 붙인다는 것이 썩 유쾌하진 않았다. 무조건 높고 크다고 마음대로 일등이라고 하는 건 좀 아니지 않는가. 주변 자연환경과의 조화나 생태계에 미치는 영향 등 단순 비교가 불가한 고유의 역할과 존재 이유가 있을 텐데 말이다. 일등바위 정상에 오르니 이등과 삼등바위 쪽에 자꾸 눈길이 갔다. 나는 왜 지나치게 등수에 예민해져 맘 놓고 풍광을 즐기지 못하는 걸까. 한 번도 일등으로 살아 보지 못한 열등감 때문일까? 아니면 아직도 등수에 연연하는 나의 찌질함이 문제일까? 휴우~ 한숨이 절로 나온다. 나는 언제나 나 자신만으로 온전히 자유로워질 수 있을까. 괜히 발끈하는 내가 이상한지 일등바위가 뚱한 표정으로 나를 쳐다봤다.

고하도 승강장은 해안 산책로가 그림처럼 펼쳐졌다. 크고 작은 배들이 쉴 새 없이 오고 갔다. 다들 어디로 무엇을 하러 가는 배인지, 손을 흔들어 보았지만, 대답은 없었다. 산책로 중간쯤 가면 멋진 전망대가 나온다. 멋진 바다 전망뿐만 아니라 각 층마다 목포의 역사를 테마 별로 한눈에 볼 수 있다. 외관도 성냥갑을 층층이 쌓아 세워 둔 것 같은 특이하고도 멋진 모습이었다.

문득 궁금해졌다. 북항에서 시작해 유달산까지 산을 잇고,

바다 건너 고하도 섬까지 연결하는 케이블카를 처음 생각해 낸 사람은 누구일까? 나같이 소심하고 통 좁은 사람은 감히 꿈조차 꾸지 못할 정도로 큰 그림을 그린, 그 사람은 도대체 어떤 사람일까? 아마 모르긴 해도 목포 앞바다만큼이나 배포가 크고, 수많은 바위를 품고 있는 유달산만큼이나 단단하고 뚝심 있는 사람이 아닐까 싶다.

맛있는 낙지를 두고 가기가 못내 아쉬워 낙지비빔밥을 한 번 더 먹고 집으로 향했다. 딱 한 달 만이다. 돌아오는 길, 한 달 동안의 시간이 차례대로 스쳐 지나갔다. 처음 도착해 숙소 커튼을 젖혔을 때의 떨림부터 마지막 문이 잠기는 삐비빅 소리까지.

한 달 동안 아프지 않고 건강하게 그리고 아무런 사건 사고 없이 무탈하게 지내다 온 것이 가장 큰 행운이었다. 가기 전 계획했던 것들을 빠짐없이 착착 이행하고, 오름과 숲길을 원 없이 걸은 것도 커다란 기쁨이었다. 무엇보다 한 달을 좁은 공간에 붙어 있으면서도 서로 배려하고 이해하며 크게 싸우지 않고 지냈다는 것은 높이 칭찬할 만한 일이다. 둘 다 무진장 애쓰고 노력했기에 가능했으리라.

우리는 오는 내내 기억에 남았던 것과 가장 좋았던 곳을 이야기하느라 바빴다. 서로에 대한 고마움과 다음에 다시 가면 하고 싶은 것들까지. 목포에서 집까지 네 시간 정도 되는 거리가 지루할 틈이 없었다. 새로운 이야기가 꼬리에 꼬리를 물고 끝없이 이어졌다. 추억을 많이 가진 사람이 부자라고 했던가. 추억 통장에 갑자기 거액이 들어와 부자가 된 느낌이다. 맘껏 꺼내 써도 한동안은 문제없을 정도로.

내가 제주살이를 기록한 이유는 뭘까. 어차피 기억은 금방 잊히는 법, 지금은 아주 특별하고 의미 있는 시간으로 세밀하게 기억하지만 머지않아 망각이라는 단어 속에 묻히리란 걸 잘 안다. 그러기에 제주에서 보낸 시간만큼은 차곡차곡 별도로 정리해 두고 싶었다. 시간이 지나도 찾기 쉽고 꺼내 보기 편하게. 그리해야 종종 그 안에 머물며 기분 좋게 추억할 수 있을 테니까.

연신 출렁이는 바다와 울창한 숲, 하얗게 손짓하는 오름의 억새들 그리고 그 안을 누비며 충만했던 우리까지. 시간이 오래오래 지나도 툭, 하고 기억해 낼 수 있도록 작은 단서를 만들어 놓고 싶었다. 언제까지가 될지 모르지만 '아. 그때 그랬지. 그리고 이런 일도 있었네.' 하며 머릿속 어느 언저리의 기억을 불러

내다 보면 점점 늘어나 한 달을 통째로 건져 올릴 수도 있는, 그런 단서 말이다.

내일부터 다시 집에서 보내는 일상이다. 여행에서 돌아오니 오히려 일상이 새롭고 여행 같을지도 모르겠다. 일상을 여행처럼 여행을 일상처럼, 늘 어딘가에 당도하고 도착하는 내가 되고 싶다. 처음 커튼을 열어젖히는 그 설레고 떨리는 마음으로.

날마다 다정한 친구 같았던 제주, 벌써 그리워지는 제주, 다시 만날 때까지 안!녕!

이제 슬슬 재밌게 살 때입니다

저는 언제부터 책 세 권 발간이 목표가 되었을까요? 어느 날 제가 좋아하는 장강명 작가의 강연을 들은 적이 있었어요. 그때 누군가 인기 작가 위주의 출판계 문제점을 지적하며, 자비 출판이라도 해야 하느냐고 다소 음울한 목소리로 질문을 했어요. 저도 비슷한 생각을 하고 있던 차라 작가의 대답에 귀를 기울였죠. 작가는 그래도 한 분야의 책을 세 권 정도는 출간해야 어떤 기회든 오지 않겠느냐고, 어떡하든 시작이 중요하다고 응원하며 진지한 조언을 해 주더군요.

아하! 그렇구나. 팔랑귀인 저답게 그때부터 책 세 권 발간이 목표가 되었죠. 꼭 어떤 기회를 잡고 싶어서는 아니고요. 어차피 쓰는 것, 최소한 세 권은 써 보자는 무모한 욕심이 생겼다고 할까요?

툭하면 쉽게 포기하고 마는 제 성향으로 볼 때 혼자 하는 결심은 십중팔구 포기할 게 뻔해 이번엔 여기저기 떠벌리기 시작했어요. "나 앞으로 책 세 권 발간이 목표."라고요. 누가 묻지도 않았는데 말이죠. 근데 이상하게 자꾸 말하다 보니 점점 지키지 않으면 안 되는 명실상부한 목표가 되어 버리는 거예요. 이제는 정말 저에 대한 신뢰를 지키기 위해서라도 꼼짝없이 지키게 생겼어요.

이제 그 두 번째 책입니다! 첫 번째 책보다 힘을 빼고 재밌게 써 보려고 무진장 애썼는데, 세상 어려운 게 힘 빼는 것과 재미있게 쓰는 거란 걸 절실히 깨닫는 데 그치고 말았어요. 더 노력이 필요하다는 걸 알았으니 앞으로 더 노력할 테고 그러면 조금씩 나아지겠죠. 어쩌면 제 일상을 더 재밌게 보내려고 노력하면 될 것 같아요. 다름 아닌 그 일상을 글로 쓰는 거니까요. 지나치게 근엄하고 엄격한 자기반성보다는 가볍고 자유롭게 그저 날마다 당도하는 오늘을 즐겁게 살고, 있는 그대로 쓰고, 그래야겠어요.

제게는 중요하고 엄청난 일이지만 다른 사람에게는 쓸데없고 시시한 일일 수도 있고, 제게는 충분히 의미 있고 꼭 기록하고 싶은 이야기지만 다른 사람에게는 '이런 이야기를 왜 하는 걸까?' 하고 의아할 수도 있다고 생각해요. 하지만 이 책은 철저히 저의 관점에서 제 생각대로, 제 마음 가는 대로 썼어요. 왜냐고요? 하하하, 저는 이제 『마음 가는 대로 살 때도 됐지』의 저자니까요. 언제든 졸졸졸 제 마음을 따라갈 수밖에 없답니다.

에세이로 책을 만든다는 건 '이런 잡다한 글을 왜 쓰고 있는지.'와 '누가 제게 관심이 있어 이런 개인적이고 사소한 글을 읽을까.'에 대한 끝없는 회의와 의심을 지겹도록 직면하는 일이지 싶어요. 또 불쑥불쑥 찾아드는 부정적인 생각과 당장 그만두어야 할 수많은 이유에 맞서 끝끝내 싸우면서, 불안하고 의기소침한 자신을 다독이며 나아가는 힘든 작업이기도 하고요.

그동안 저는 그 고단하고 흔들리는 시간을 묵묵히 견뎌 냈고 이렇게 에필로그를 쓰고 있어요. 스스로 얼마나 대견한지 모른다고 듬뿍 칭찬하면서요. '뭐 이런 것도 책이라고. 셀프 칭찬을!?' 하는 마음이 드신다면 한쪽 눈 질끈 감고, 너그럽게 저의 열정과 추진력에 박수를 보내 주셨으면 좋겠어요. 왜냐하면 칭찬만큼 저를 앞으로 힘껏 달리게 만드는 것도 없으니까요.

저는 이제 슬슬 여행이 일상이 되어 가고 있어요. 남편과 도전하고 있는 명산 100이 마무리되면 제가 좋아하는 걸 찾아 전국 여행을 꿈꾸고 있어요. 이를테면 전국에 명장들이 운영하는 빵집을 순례한다든지, 개성 있고 근사한 카페들을 찾는다든지, 아니면 휴양림이나 섬 투어도 좋겠지요. 짧게는 일주일 길게는 한 달 혹은 일 년, 그 지역에 머물며 그 지역 주민으로 살아보는 경험도 좋고요. 얼마 전 서울살이도 참 좋았거든요. 서울이 서먹서먹 늘 두렵고 긴장되는 도시였는데 고작 일주일 살았는데도 다정하고 친근한 도시가 되어 버렸어요. 잘 몰라서 두렵고 불안했었나 봐요. 한달살이로 해외에 찜해 둔 도시도 있어요. 머지않아 훌쩍 떠나는 날도 오겠지요.

늘 새롭고 낯선 곳을 거닐면서, 다양한 경험을 하고, 그로부터 얻은 생각과 느낌을 재밌게 글로 옮기고, 다시 또 새롭고 낯선 세계로 나아가는, 그런 순환하는 여행을 꿈꾸고 있어요. 아무런 두려움 없이 어슬렁어슬렁 재밌고 자유롭게 세상을 거니는, 그런 삶 말이에요.

돌이켜 보면 그동안 알록달록 생생한 재미를 추구하며 살지는 못했던 것 같아요. 무료하고 무력하지만 안전하고 차분한 일상만 유지하려 애쓰면서 살아온 게 사실이니까요. 다소 무채색 같은 느낌이었다고 할까요?

물론 제가 추구하는 재미는 날마다 하하 호호 숨넘어가게 웃을 일이 많은 걸 의미하지는 않아요.

마음 가는 대로 자유롭게, 다시 뭔가 시작하고, 용기 있게 맞서고 부딪히며, 내 삶을 주도적으로 살아 낼 때 비로소 찾아오는 기분 좋은 충만함이랄까요? '아, 정말 살 만한 재밌는 인생이구나!' 하는 말이 저절로 새어 나올 때 느껴지는, 그런 감정이라고 할 수 있어요.

앞으로 저는 편편하고 밋밋한 일상에서 벗어나 날마다 생생하게 살아있는 재미를 추구하며, '매일 처음 맞이하는 새날'처럼 살아갈 작정이에요. 그런 저의 삶이 어떤 빛깔이고 무슨 맛인지, 얼마나 향기롭고 좋은 소리가 나는지는 세 번째 책으로 알려 드릴 테니 따뜻하게 지켜봐 주시면 좋겠어요.

작가 요조는 『아무튼, 떡볶이』에서 이렇게 말합니다. "예전부터 무라카미 하루키의 책을 다 읽은 후, 도저히 못 참겠는 기분으로 캔맥주를 쪽, 하고 딸 때마다 이것이야말로 참 착실한 리뷰가 아닌가 하고 생각했다."고요. 그러면서 자신이 쓴 책의 최고의 리뷰는, 읽고 난 후 그 사람의 다음 끼니가 떡볶이가 되는 일일 거라고요.

이 책의 최고의 리뷰는 뭘까요? 마지막 장을 덮은 당신이 흥얼흥얼 콧노래를 부르며 '음, 그래. 재밌게 살아야지! 이참에 나도 재밌는 나들이 계획 하나 세워볼까, 언제가 좋을까?' 하며 달력을 집어 드는 거예요. 그리고 하나 더 욕심낸다면 제 연락처를 아는 분이라면, "세 번째 책은 언제 나오냐?"는 짧은 문자를 보내는 거예요. 그럼 저는 하늘을 붕붕 떠다니는 기분으로 몇 날 며칠 행복할 겁니다.

이 책을 읽어 준 모든 분의 건강과 행운을 진심으로 소망하며, 고마운 마음을 전합니다.

2023년 겨울
지복희

이제 슬슬 재밌게 살아 볼까

ⓒ 지복희, 2024

초판 1쇄 발행 2024년 3월 20일

지은이　지복희
펴낸이　이기봉
편집　좋은땅 편집팀
펴낸곳　도서출판 좋은땅
주소　서울특별시 마포구 양화로12길 26 지월드빌딩 (서교동 395-7)
전화　02)374-8616~7
팩스　02)374-8614
이메일　gworldbook@naver.com
홈페이지　www.g-world.co.kr

ISBN　979-11-388-2861-1 (03810)

- 이 책은 충주시, 충주문화관광재단의 후원을 받아 충주문화예술지원사업의 일환으로 발간되었음.